经典印象·小说坊

CLASSIC IMPRESSION

Sakaguchi Ango

无影犯人

坂口安吾

Sakaguchi Ango

Shadowless Criminal

高西峰——译

浙江文艺出版社
Zhejiang Literature & Art Publishing House

目录

绪论一
所谓侦探小说

推理小说比文学的谜题要素多。

即便从创作方法来看，一般的文学与推理小说有着本质区别。

一般说来，小说在执笔前，有个构思好的梗概，但在写的过程中，就会打乱曾经的构思，作品中的人物任意而为，自然地推进情节发展下去，此处或许就带有文学创作的意味吧。如果按照设想的构思写完，或者简单下结论，就无法进行创造这一工作，因为文学是发现自我，它会经常跳出预设，只有通过自然地生成展开，才能发现自我和创造。

推理小说，这样可行不通。

凶手是谁？基于什么原因？怎样杀人？怎样制造不在场证明？在小说最后阐明的事宜，在构思的最初必须明确地预设。执笔过程中，如果作品中人物跳脱出构思，开始随意行动，那么就无法收场了。

也就是说，提笔撰写时实际上人物已经实施犯罪，文中原则上必须有个令人一筹莫展的凶手，如果执笔途中，偷换掉凶手，就不成体统。换言之，推理小说具有不能跳脱预设的性质。

因此，推理小说比文学更谜。作为谜题，要在周密的计算、构思基础上进行推演，从而继续写下去。

在日本，迄今为止，虽然概称侦探小说，但主要是灵异小说①，推理小说几乎没有发展。

基本上，推理为逻辑性强的民族所喜爱，或许是因为日本自古以来的文化教养中就缺乏逻辑性，所以没有发展推理小说的基础。

---

① 灵异小说，也称怪奇小说。指描写超自然、非现实的荒诞不经事件，让读者感到恐怖的小说。另，本书注释如无特别说明，皆为译者注。

另一方面，推理小说具有作家一职业化就无法写就的性质。因为谜题这种东西如果转变成金钱主义，会失去谜题的魅力，所以必须研究出新方法。

不过，因为谜题的新方法和所有的独创一样，要舍弃自己的既成视角，从发现新视角开始，所以并非一生都能无限地研究出新方法。偶有像阿加莎·克里斯蒂那样的天才作家，每部作品都运用新手法，不仅多产，且不断变化。但一般的作家却办不到。如果职业化后被强迫创作众多作品，就会顺势写些推理小说以外的灵异小说、恐怖小说、幽默侦探之类的作品，蒙混过关。

江户川乱步等作家，在日本的侦探作家中具有罕见的逻辑头脑。如果翻阅他批评侦探小说、批判《本阵杀人事件》的一些文章，就能充分地窥见他的天资。而作为侦探作家，他的初期作品从独创的推理小说出发，但是作为职业作家，被迫多产后，不得不偏向于灵异小说。

话虽如此，对于《王》或《富士》① 这种大众杂志的读者来说，他们不能接受推理小说。于是杂志就顺势变为刊登灵异小说，这首先是编辑的责任。日本以往的娱乐杂志编辑，缺乏

① 《王》，1925 年由大日本雄辩会讲谈社创刊的大众杂志，第二次世界大战中曾将标题改为《富士》，于 1957 年停刊。

爱好推理小说的广泛兴趣及较高的素养。

因为推理小说本就是高度解谜的游戏，所以自然作为理智的高级娱乐，为各方面最杰出的知识分子所喜爱，应该拥有最高级的读者。但在日本，因为不是推理小说，而是灵异小说，所以侦探小说的读者极其幼稚低俗。

日本的文学家至今认为侦探小说就是灵异小说，仍抱有偏见，但如果了解了推理小说这种体裁，定会觉得有趣。因为他们大概喜欢围棋或象棋，推理小说则比围棋或象棋更轻快，有着复杂游戏的妙趣。我认为如果藤泽桓夫①先生等人能在残局棋谱上悉心钻研，那么文学家们也应该在推理小说上多下功夫。

★

因为推理小说具有一职业化就无法写就的性质，所以多年来爱好者基于热爱而钻研创新，进行创作。究其根源，侦探作家大都从业余爱好开始写作，但发表名作后，就会陆续被迫高产。要是成了职业作家，就会陷入金钱主义，滥发些拙劣的作品。

---

① 藤泽桓夫（1904—1989），日本小说作家。他精通日本将棋，创作有许多以日本将棋为主题的小说。——编者注

作为多产却不创作拙劣作品的方法，我建议通过合作成为侦探作家。在外国有很多两三人合作而署一个人名的侦探作家，但在日本似乎还没出现。

没有比推理小说更适合合作的了，因为其根本是谜题，俗话说“三个臭皮匠，赛过诸葛亮”，如果是一个人，视角就会被限制，而通过合作就可以避免。集中智慧就能牢固地搭建起谜题的高层建筑。

如果一二十人，就会担心“艄公多了打烂船”①，我认为少于五人的合作会进展顺利。

日本也有在杂志社尝试职业作家的合作，但如果职业作家业余时间做此事，不可能汇集聪明才智，结果可能只是依靠一个人的才智，就会产生关联作品等愚蠢至极的东西。

还是更推荐外行的纯粹爱好者，夫妻合作或者朋友集中才智。也就是说，他们喜欢得难以抑制其兴趣和热情，集中才智构建谜题。这种最有家庭风格的手工制品，可以说是合作的工艺品，制作本身就是种家庭娱乐。

形形色色的不同职业的人，聚在一起合作或许也很有趣，此时需要有个执笔人。合作即便多产，但因为是智慧的结晶，

---

①“艄公多了打烂船”，俗语。喻指主事之人一多，指挥混乱，就无法做好事情。——编者注

定很少会缺少素材。一二十年，打造一个佯装不知、虚构的作家就好。如此岂不妙哉？

杂志记者也不要等待作家的自然出现，或许自己亲手打造、培育合作作家，也是一个方法。我认为分别聚集不同职业的男性和女性，约三到五人搭档最合适。

适合合作的文学作品是推理小说和电影剧本。不过，作为合作的条件，那就是酷爱推理小说，友情深厚。因此各位爱好者，如果情侣二人都是推理小说的忠实爱好者，应该立即尝试。爱情或许会因此更加深厚。

推理小说原本就适合这种创作模式。文学和艺术，就是不费力的、轻快的，类似小家伙的游戏。总之，就是纯理智的娱乐品。

坂口安吾

《东京新闻》第 1781 号、第 1782 号，1947 年 8 月 25 日、8 月 26 日

绪论二
推理小说论

在日本的侦探作家之间，流行讨论侦探小说的艺术。其中有种论调称陀思妥耶夫斯基的作品也属于侦探小说，我称之为谬论。

所有的优秀文学都是对人这一存在的彻底追问，因此，它们往往会把思考引到犯罪及战争这类巨大的悬崖边上。这是一个自然而然的发展过程，犯罪或战争都是因人类追求而必然导致的结果，犯罪绝非侦探小说的专属。此外，在描写犯罪时，不论是将它作为人们达成目标的手段，还是为了调动读者兴趣、激发侦探趣味采用的展开形式，这些都是文学固有的技巧，巴尔扎克和陀思妥耶夫斯基便是善用此类手法的高手。谷崎润一郎、芥川龙之介、佐藤春夫等作家尽管小范围内运用该技法，却也运用自如。基本上，小说中“后续如何”这类问题本身就带有侦探色彩，而伟大的小说家天生就掌握了此类技法，因此，他们当然比职业侦探小说家，从本质上更加领会侦探小说式技法的要点。

推理小说是一种享受推理过程的小说形式，莫如说与艺术之流绝缘的作品才是优秀作品。它是高级娱乐的一种，是解谜游戏，也是作者与读者的智力竞赛，除此之外，不做他想。

然而，日本虽有侦探小说，但几乎没有推理小说。① 小栗虫太郎②等作家只是专注于模仿范・达因③作品中最差的那部

① 推理小说是以推理破案为塑造形象和推动情节的主要手段，并且构成故事的主要框架的侦探小说。侦探小说并不都是推理小说，分案件侦破为主和推理为主。

② 小栗虫太郎（1901—1946），具有浪漫主义倾向的“变格派”作家。代表作有《天衣无缝的犯罪》《白蚁》《恶灵》等。

③ 范・达因（1888—1939），欧美推理小说黄金时代代表作家之一，创作了推理小说写作的“范・达因二十则”。代表作有《班森杀人事件》《金丝雀杀人事件》《格林家杀人事件》等。

分，浜尾四郎①和甲贺三郎②的作品也都缺少那种令人信服的推理和诡计，而这恰是进行以解谜为游戏的智力竞赛时所需要的。战争结束前的侦探文坛充斥着怪诞趣味，这种倾向也遗留至今，而推理小说依旧很少。

近代文学中，伏尔泰的《查第格》③ 或许是“业余侦探”的先锋之作，但表面上只是查第格运用侦探之眼发现了妻子的情夫，是一部虚无主义的产物，不是侦探小说。

虽说爱伦·坡是侦探小说的鼻祖，但从他到柯南道尔的福尔摩斯侦探，还处于推理小说的初期阶段。

柯南道尔之前的推理世界，已被吸收到当今日本的“捕物帖”④ 中。捕物帖中还未出现指纹或科学的鉴定手段，但已有柯南道尔作品中的推理和诡计手法，因此可以说柯南道尔是捕物帖的鼻祖，他的作品比推理小说更具有捕物帖性质。

---

① 浜尾四郎（1896—1935），以法律型侦探小说闻名。代表作有《杀人鬼》《铁锁杀人事件》《平家杀人事件》等。

② 甲贺三郎（1893—1945），是日本推理文学发展初期的多产新锐作家之一。代表作有《琥珀烟斗》等。

③《查第格》，法国文学家伏尔泰（1694—1778）的中篇小说，写于 1747 年，通过主人公查第格的人生经历，展现了充满哲理但又虚实交融的世界。

④ 捕物帖，亦作“捕物帐”，名捕故事。以江户时代为舞台，捕吏为主人公，描写他们的故事的小说名称。

今日的推理小说形式，始于加博黎奥①的勒考克侦探。从勒考克发展到《黄色房间的秘密》② 的胡乐塔贝耶，推理小说现代式的框架及诡计的模式似乎已基本确定。但《黄色房间的秘密》过分追求新奇的诡计而显得不够合理，在说服力与合理性方面，可视为比加博里奥的勒考克退步了。这之后便是现代推理小说。

《黄色房间的秘密》也是密室杀人的鼻祖。虽然诡计简单，但也相对现实一些，犯人在罪行被发现之时，他已在上锁的密室现场。房门被打开时，犯人悬垂在门的内侧藏身，随后游览者到来之时，自己也装作是他们中的一员，出现在房间中。

在范·达因的小说中，通过实施各种诡计构建出密室：设法利用细线或留声机，还有通过机关将凶器自然地隐藏在室外，这些手法在今日已成为常识，尤其在日本，似乎已被过度使用。

推理小说原本就是以发明新诡计为主要课题，并以此与读

---

① 埃米尔·加博黎奥（1832—1873），19世纪法国小说家，他将复杂的家庭悲喜剧写成侦探小说，获得巨大成功。1867年创作了《勒考克侦探》。

②《黄色房间的秘密》，法国作家加斯东·勒鲁于1907年创作的小说。该书是推理史上第一部密室杀人长篇经典，被誉为“不可模仿、不可超越的推理小说杰作”。成功塑造了喜欢冒险的年轻记者胡乐塔贝耶的形象。

者进行智力竞赛。读者又在享受与作者智力竞赛时，随着对以往诡计的了解增多，对推理小说的兴趣也会加深。如此一来，他们在掌握之前的诡计后，也会考虑自己创作推理小说向未来的朋友挑战。这就是推理作家诞生的自然顺序，这个新领域的世界由原本是业余者、爱好者的外行们所开拓。推理小说的妙趣在于不断挑战去发现新手法和新诡计，因此，它不可能像产卵般轻松做到。严格说来，侦探作家自然无法以职业作家身份从事创作。一旦粗制滥造，落入俗套，就会丧失游戏的妙趣。

范・达因也是从爱好者起步，抱着挑战的想法而开始自己的小说创作的，因此就像从素人作家从业余晋升到职业作家般，具有享受挑战乐趣的优点。顺便谈下，有些业余作家稚气未脱、卖弄学识，将读者引向迷雾中，这倒还算有趣。但他们的可悲之处在于文章拙劣且过于冗长。因此，一旦炫耀学问使作品失去轻快感，变得沉重无趣，业余作家的优缺点就会相互抵消，最终产生负面效果。以这种负面效果为主加以模仿，将这种沉重感与无趣感愈演愈烈的作家，便是小栗虫太郎。此种做法给日后的日本推理小说新人带来了主要的恶劣影响。

不过，这世上也并非没有天赋异禀的推理作家。有些作家无论创作数量如何惊人，也不失创意及说服力，让人沉浸于解谜游戏中。阿加莎·克里斯蒂①女士与埃勒里·奎因②便是此类作家。

谈及克里斯蒂女士那华丽多彩的天分，唯有惊叹。她的作品数量惊人，但每部作品都煞费苦心，诡计几乎不落窠臼，那轻快的转身总是让人惊叹不已。她的文章轻快简洁，解谜的妙趣贯穿始终，在揭开谜底时，几乎不会因不合理的解释而让读者失望。不过，克里斯蒂女士有种女性的写作偏好，那就是绝不让优雅的美女成为犯人。一旦知晓她的这种偏好，解谜就会变得很容易。

一般认为《罗杰疑案》是克里斯蒂女士的代表作，但她绝不是以一两部作品就能概括的愚笨之人，除《斯泰尔斯庄园奇案》《三幕悲剧》之外，还有无数的杰作。特别是《暴风雪山庄》③，通过出人意表的诡计，营造出轻妙卓越的氛围。作为一部为推理小说的诡计开辟新天地的作品，我想这部作品可以成为大家的必读书目之一。

---

① 阿加莎·克里斯蒂（1890—1976），英国女侦探小说家、剧作家，三大推理文学宗师之一。代表作品有《东方快车谋杀案》和《尼罗河谋杀案》等。

② 埃勒里·奎因，美国推理小说家曼弗雷德·班宁顿·李（1905—1971）和弗雷德里克·丹奈（1905—1982）表兄弟二人使用的笔名，他们开创了合著推理小说的先例。代表作有《罗马帽子之谜》《希腊棺材之谜》《X的悲剧》《Y的悲剧》等。

③ 日译名为《暴风雪山庄》，中译名为《斯塔福特疑案》。

没有比《暴风雪山庄》的诡计更平凡的了。尽管它在现实中最为可行，也没有奇奇怪怪之处，但恐怕所有读者都会看漏这一诡计。或许当读者读到案件真相处，会对过分的理所当然大吃一惊，在证据确凿的合理性面前瞠目结舌、大惊失色。不过，在阅读过程中，人们对于悠然铺陈的诡计，是无论如何也无法注意到的。这种诡计的模式，或应作为推理作家的最佳范本。

奎因亦是继克里斯蒂女士之后的天才，他文笔轻盈，解谜游戏的妙趣贯穿始终。不仅作品高产，还是位少有劣作的才子。在诡计与推理的信服力及合理性上，奎因还是比克里斯蒂女士略逊一筹。很多情况下，他并不给读者决定性的证据，结构上也缺少确实性。多数情况都是“即使某人是犯人也不会感到意外”，读者只能接受这种模棱两可的解释。

除了这二人，余下作家似乎天分不足。很多情况下，他们偶有一两部杰作，但其创作生涯中却劣作居多，作品缺少合理性，读到解决部分后无法令人信服。真相大都意外，但他们的作品中缺少关键要素，即合理的意外，让人信服的意外。推理小说的解决部分必须让人意想不到，但不合理的意外却毫无意义。若是不合理的意外，哪怕再愚笨之人，都能理所当然地制造出出其不意的效果。

弗里曼·威尔斯·克劳夫兹[1]的作品就其推理小说的形式而言，是很有特色的，但除了《谜桶》这类的名作外，劣作居多，作品中会出现不合理的意外，以及无法预测的大集团犯罪，且不予以暗示。作为解谜游戏，到最后似乎总让人失望。

约翰·迪克森·卡尔[2]也是过分追求意外，而导致不合理之处过多。《三口棺材》不及格。

以单独的杰作来论，克里斯蒂女士、奎因、范·达因的众多作品暂且不论，就只能想到《箭屋》《航船谋杀案》《帆船下的死亡》《红发的雷德梅茵家族》这几部作品。虽说我的阅读范围内也会有十来本好书，但读一百本，也就只有两三本不会让人失望。这些世界知名作家的作品，尚且如此。

在日本，横沟正史[3]出类拔萃，他身为作家的能力，能让他轻松进入世界十佳。尤其他的《蝴蝶杀人事件》堪称杰作，二战后的作品中也少有拙作。最无趣的作品当数《本阵杀人事

---

① 弗里曼·威尔斯·克劳夫兹（1879—1957），爱尔兰著名侦探小说作家。1919年创作了首部侦探小说《谜桶》，成为侦探文学上里程碑式的作品，确立了写实派侦探小说。

② 约翰·迪克森·卡尔（1906—1977），美籍推理小说家。和埃勒里·奎因、阿加莎·克里斯蒂并称“黄金时期三巨头”。他独以密室题材的构思见长，故有“密室推理之王”的美誉。代表作有《三口棺材》《犹大之窗》《歪曲的枢纽》《燃烧的法庭》等。

③ 横沟正史（1902—1981），日本本格派推理作家。横沟正史以金田一耕助为侦探角色的系列侦探小说而闻名。著有《女王蜂》《八墓村》等推理名作。

件》，却力压《蝴蝶杀人事件》获奖。把奖项颁给《本阵杀人事件》的侦探作家俱乐部的愚蠢行为，或将载入史册。

《蝴蝶杀人事件》十分精彩，作品中往返于东京与大阪之间的华丽连环计，值得特别提及，故事展开也精妙绝伦。把谎称为晕船药的毒药交给将行李箱运至东京站的友人，在此轻巧布下诡计，至结尾的处理都巧妙至极，大快人心。

若要说些不足，那便是犯人志贺在大阪的酒店犯下第二起杀人案时，他为了制造不在场证明，便用绳子扭住尸体，待绳子回复原状后尸体掉落街上，他利用这段时间下楼梯。然而，比起这种诡计，单纯地杀人后装作若无其事，反倒更安全。如此一来，何时杀的人，案发时在哪里，应该几乎无从得知。为了制造不在场证明而大费周章，反而会增加被发现的风险。因为事后要面临整理绳子的风险，也很辛苦，这么做不引人注目才怪。

我指出这一点，并不是对《蝴蝶杀人事件》吹毛求疵。《蝴蝶杀人事件》中充满了妙趣横生的华丽连环计，充分地弥补了这点不足。

但在日本新人作家的作品中，类似这种瑕疵的不合理及不完备的诡计过于醒目。他们过于玩弄机关，却没有使用的必然性，只是玩弄而已。上述行径将把自己置于险境中，但他们却完全忘了考虑这些。不可能有那么愚蠢的犯人！

所有的诡计都必须存在必然性。无论怎样冒险，但如果疏于机关的布置，罪行就会被看穿。基于这个无回旋余地的理由，必须花心思玩弄机关。

在《罗杰疑案》中，犯人为了制造不在场证明而使用了留声机，那就需要冒险取回它。而执行这一手法需要不少时间，五分钟左右的偏差就可能导致诡计被识破。诡计总是伴随着风险。如若没有对此了然于胸却仍须铤而走险的必然性，便毫无意义，在解谜游戏的合理性上便丧失了资格。

推理小说中的主要人物净是些富豪、政治家、女演员、知名运动员等名人，鲜有无产者被杀害的案例。因此，就导致出现了“推理小说不过是有闲阶级的玩物”这类一知半解的见解，他们的思维也被局限在“大多数的犯罪动机是情色和欲望，穷人作为被害人的动机不足”等层面。谜题的布局空间变窄，解谜游戏所需要的复杂情节也会减少。为了把谜题变得复杂，就一定要设定个主人公，而他应是身边谜团环绕，且与多方有众多瓜葛之人。同时还要设定一个被害人，此人从多重角度看都有被杀害的可能。

因此，谈到推理小说中会出现巨大邸宅的示意图这件事，虽说巨大邸宅这一设定蕴含着“埋下谜题”的要素，但那不是主因，最重要的目的基于以下要求：主人公如若不是住在这般豪宅中的阶级，便无法将推理小说中的谜题复杂化。

此外，倘若推理小说以广阔的地域为舞台，就会使不熟悉该舞台地域的读者兴趣减半。例如在《三幕悲剧》中，推理的关键在于法国某小镇到另外一个小镇的距离，两者南北相距甚远，是否能够做到当日往返。对于没有地理环境及交通系统条件相关知识的读者而言，由于书中对此并未予以暗示，所以即便读到解决处，也无法令其真正地信服。

还有，在《暴风雪山庄》中，其诡计的出类拔萃处虽如上文所述，却也有一个缺点。那便是以下暗示并未交代：如从山庄所在地到杀人现场之间的距离，地形如何，如若滑雪可以短时间到达，等等。

因为是作者自己所熟悉的地形，所以会容易自以为是。不过，在给读者提供足够的暗示基础上，更必须要有充分的考虑、完整的结构及精妙的诡计，如此才能让读者从容不迫地享受解谜过程中的智力竞赛。

《Y 的悲剧》中也存在同样的问题，倘若将手触及的高度及香草的气味都算上，勉强能描绘出犯罪少年的形象，但仅把这些当作暗示也太过模糊，我希望作者能够事先给读者更明确的提示，多做些让读者信服的准备和结构安排。作者应在少年成为犯人的动机、看过他人备忘录后作案等关键之处给出提示，必须要有竞争解谜的结构妙处。倘若作者有“如果给予暗示，读者不就一下子知晓犯人了吗”的想法，是写不出杰作的。挑战的妙趣就是既给予读者所有提示，又能迷惑读者。而作者的骄傲及执笔热情就在于利用巧妙的机关，在这场大冒险中欺骗读者，如果不提供足够的暗示，就让读者猜犯人是谁，将会失去成为杰作的首要条件。

基本上，推理小说在解决篇之前都不能交代所有物证。或许有极为罕见的情况，但几乎不可能提供物证作为暗示。虽然暗示都是环境证据①，但不可以出现“AB 均可”这种模棱两可的情况。如果出现类似“ABC 都有可能，连 D 也可以”的情况，所呈现的环境证据越含糊不清，越可断定这部推理小说是失败的。

也就是说，既要明确给出让人一筹莫展的环境证据，又要巧妙布局，从容不迫地迷惑读者。

总的来说，能符合上述条件的当数阿加莎·克里斯蒂女士了。她技艺超群，实在是出类拔萃的大天才。

不过，横沟正史虽不顾病体创作出大量作品，但作品中却

① 环境证据（也译为“情况证据”），是指通过推理可与事实结论联系起来的证据。

少有很大的瑕疵。虽说也能看出作者为了合乎逻辑而煞费苦心，但其诡计与暗示的华丽程度，即便在外国也实属罕见。例如，在《狱门岛》中，倘若只让和尚成为犯人，便太容易被识破。于是作者设计了三个犯人，他们每人犯下一起命案。此处虽出人意料，却也有些牵强，但借由三句俳句的杀人手法很华丽，理应受到极力推崇。

我认为横沟君不仅有能力跻身世界十佳，更能位列五佳。他并非纯粹的推理小说作家，作品中的怪诞趣味及抒情趣味虽会减少解谜游戏的妙趣，但有时也会派上用场，让谜题变得更加扑朔迷离。在我看来，抒情与怪诞趣味都不可取，但即便因此有所折损，他仍才华横溢。只是之后再无推理作家沿袭。

高木彬光①与岛田一男②两位新人均为纯粹的推理作家，就作品中无怪诞抒情趣味这点来看，他们未来可期。不过，两人目前最大的缺点就是极力营造氛围。大多作家在文笔稚嫩时，即便是纯文学创作，也都会很想营造氛围。因为文章拙劣，更会让读者退缩。然而，随着作品的成熟，作者也会逐渐

---

① 高木彬光（1920—1995），日本著名推理小说作家，与江户川乱步、佐野洋、森村诚一和横沟正史并称日本推理文坛五虎将，主要作品有《破戒裁判》《检察官雾岛三郎》《零的蜜月》等。

② 岛田一男（1907—1996），日本著名推理小说作家，代表作有《杀人演出》《社会部记者》等。

自己意识到这一弊端，因此并不算致命缺点。构思文章时，无须努力营造氛围，所以请舍弃这一做法。横沟君在文章中设法营造氛围的倾向也很强，但因他文笔强劲有力，不会出现纰漏，仍有可读性。二战结束前，横沟君的文章拙劣，净是些偏好营造氛围和离奇情节的作品，不值一读。但二战后他的成长却让人刮目相看，差别大到让人吃惊。经过长年积累，能有如此长进，着实值得尊敬。这也给后人以勇气。

横沟正史喜欢营造氛围是性格使然，但高木和岛田二人似乎并非如此，所以他们最好干脆舍弃对氛围的渲染，学习克里斯蒂女士那简洁轻妙的文笔。克里斯蒂于我而言也是老师。

此外，名为川岛郁夫①的新人文笔轻妙，诡计的构成虽无新意，但缺点较少，很有前途。他似乎最有能力。

侦探小说的抒情派和怪诞派里，也涌现了大坪砂男②、山

---

① 川岛郁夫（1953—　），日本的中国文学研究者，研究领域为中国近世文学，东京外国语大学名誉教授。

② 大坪砂男（1904—1965），作家、剧作家。其作品全部为短篇，类型主要是侦探、怪奇小说。代表作有《浴池》《私刑》等。

田风太郎①、宫野村子②、香山滋③等新人，但他们并不是纯粹的推理小说作家。

纯粹的推理小说是解谜游戏，以构成的复杂性为主要条件，因此，在短篇中无法体会到推理小说的妙趣。即便以阿加莎·克里斯蒂的天赋，也无法在短篇推理小说中令读者沉醉其中。

在短篇可读的推理小说中，柯南道尔的写法堪称最高水准，终归还是捕物帖的推理模式更适合短篇。捕物帖作为完篇小说④，当然会受到读者欢迎。推理小说通过复杂的解谜呈现出作者与读者的智力竞赛，如果不是长篇，就不可能施展这份魅力。

尽管以小说为名，但不去谈文学或艺术这类麻烦事，推理小说作为最高级的娱乐品，众多天资聪颖之人极力鼓励大家参

---

① 山田风太郎（1922—2001），小说家。被誉为“日本的金庸”，著有《眼中的恶魔》系列等作品。

② 宫野村子（1917—1990），小说家，1938 年发表短篇处女作《柿子树》。1949 年，发表了被后人誉为“战后女性推理作家第一杰作”的中篇本格名著《鲤沼家的悲剧》。

③ 香山滋（1904—1975），小说家，作品的题材多与生物学或地理学有关联，其中更不乏神怪和幻想类型的探险小说，代表作有《海鳗庄奇谈》《蜥蜴之岛》《蜡烛贩卖》《风船贩卖》等。

④ 杂志的小说等，不连载而一次刊登完。

与其中，来享受解谜游戏的乐趣。

如果大家都能感受到解谜游戏的乐趣，就定会自然而然地燃起勃勃雄心：鄙人可要设法钻研新诡计，向未曾谋面的朋友发起挑战了。除非具有克里斯蒂、奎因、横沟正史般的天资，否则即便成为职业作家，也会旋即走入诡计的死胡同，只会陷入陈规俗套。因此，我更推荐大家在业余时间享受发明诡计的乐趣，不要想着去当职业作家，作为爱好专注此道。此外，仅就推理小说而言，合作更易诞生名作。合作能够规避想法片面的缺点，从多角度观察与建构，诡计也会更成熟，就不会存在容易落入俗套的问题。“三个臭皮匠赛过诸葛亮”这句话，放在推理小说中再合适不过。

坂口安吾

《新潮》第 47 卷第 4 号，1950 年 4 月 1 日

投手杀人事件

一、快球投手和女演员的卖身

新年虽已过去九天，正月酒却喝个不停，让人头痛不已。宣传部长①细卷摸着后脑勺，正要经过朝日制片厂的大门时，只见一个男人嬉皮笑脸地走过来。

① 部长，日本企业或事业单位中的部门主管。——编者注

“哎呀，细卷先生，恭候您多时了。您总算露面了啊。我想采访下晓叶子，但被她拒绝了。一会儿请让我见见她，感激不尽。”

如此挠头默默笑着的，正是《专卖报》社会部记者罗宇木介。

“真的吗？你说晓叶子来了？”

“我为什么要撒谎呢？”

“为什么？因为你又到处追晓叶子。太腻烦了。”

“这也是我的工作嘛。您明明都意识到了还这么说。求求您，让我见见她吧。”

“你等等！门卫，先让这个男人烤烤火。拜托你别让他随便在制片厂里走。”

晓叶子自年末开始，已近一个月没来公司。岁末时，她丈夫岩矢天狗曾两三次上门责骂，让公司交出晓叶子。天狗是横滨的演出策划人，他赌博成性，是个讨厌的家伙。他可恶到连叶子的衣服都拿去当掉，换钱去赌，不禁让人疑惑为何叶子还没有离开他。

然而，就在三天前传闻叶子有了情人，且据说她的情人就是职业棒球队“切斯特队”的著名投手大鹿。他去年以超快球烟球①跻身职业棒球界，随后豪取近三十场胜利，荣获“新人王”称号，又被称为“烟球投手”。

如果此事属实，定有完美的宣传效果，但太过滑稽可笑了。细卷原以为传闻可能不可靠，但当他发现罗宇木介在执着地寻找叶子时，又深感惊讶。《专卖报》是知名的棒球报，报社旗下拥有“海军切球队”。

细卷走进部长室，年轻职员走过来说：

“晓叶子和小丝美乃里说要见您，正在外面等着。”

“哼，果然是真的啊。带她们进来。”

晓叶子是初出茅庐的新人演员，被细卷提拔，已饰演过两三次重要角色。她也不辜负细卷的赏识，展现出高超的演技，正要走红。细卷也不枉选中她，正当得意扬扬之时，却不承想出了这档子事。所以，他对着走进来的叶子和同为新人的美乃里怒目而视。

“蠢货！在这即将走红的关键时刻，一个月都没露面，在哪儿闲逛了？你要不说清楚，我可饶不了你！”

“对不起。”

叶子咬着嘴唇，似乎要忍住泪水。她能深切地感受到她视

① 烟球，指投出令人目不暇接的速度超快的球。

为父亲的细卷的愤怒中也饱含着慈爱。

“我也不做辩解，我离家出走，谈了恋爱。”

“喂，喂。一开始就适可而止啦！”

“是真的。我一直想着起码要向部长坦白，反倒给您添了麻烦。”

“哼！谁？那个人是谁？”

叶子没有回答，抬起头毅然决然地说道：

“我的艺术道路还有未来吗？我愿意刻苦学习。”

“怎么这么说？”

“如果十年后我能成为明星，希望您能先借给我那时的三百万日元的演出费。”

叶子脸色苍白，表情严肃，她注视着惊到无语的细卷，于是便放声大哭了起来。

美乃里代她讲述：

“叶子小姐的情人是‘切斯特队’的大鹿投手。”

“果真如此啊。”

“自她离家出走时，就找我商量，我帮她藏身，替她和岩矢天狗先生交涉。天狗先生说要三百万日元的分手费。大鹿先生昨日返回了关西，寻找能够出价三百万日元的球队。叶子小姐不同意，前天他们似乎为此事争吵了一天。然后，她担心如果那样做会有损大鹿先生身为球员的名誉，就来公司借钱了。请您体谅叶子小姐的难处。”

“哼，简直无法无天了！”

细卷虽大声呵斥，但在制片厂这种地方上班，如果太过敏感就不能妥善处理各种事务，他腆着啤酒肚，竟出乎意料地冷静。不过，他灵光乍现，就把两人留在房间，自己前往球探烟山的办公室。“球探”就是发现有前途的棒球选手，并出钱将之拉入自己所属球队公司的角色，如果运营球队的公司里没有球探这样的人才，就无法强化球队实力。而烟山就是日本著名的球探。

细卷急忙跑进烟山的房间，说道：

“喂，找你有点事。”

“什么事？”

“其实是这么一回事……”

细卷把事情的始末告诉了烟山。

“哎，这可不是小事啊。每个球队都知道大鹿是灰村教练从小培养的，所以碰不得，也都死心了。不过，三百万日元可不少啊。我认为这么高的价格在各球队也是史无前例的，但大鹿值三百万日元。如果那小子加入，球队必胜无疑。赶快和社长说说吧。”

细卷又来到敷岛社长办公室商量，三百万日元的价格无论如何都太高了。据说去年的球员转会交易价格最高为五十万到八十万日元，传闻今年前十位的球员收入百万日元，或许有一人能达到一百五十万或两百万日元。因为球队增至十五支，球员争夺愈发激烈，不断报出高价。

“即使他是三振①王，充其量不就是个新人吗？一百万日元都高了。”

连度量大的敷岛都如此说，看来也不无道理。

“不过呢，他如果加入，我们队定拿冠军。如果夺冠，这三百万日元可不算贵。总之，大鹿需要三百万日元。因为需要这三百万日元才准备易主。如若不然，他是绝对不会转会的，所以请您将市价置之度外，备齐这三百万日元吧。”

“那么，就这么办吧。反正只要备齐三百万日元就行了吧。给大鹿一百万日元，作为预支的演出费，给晓叶子两百万日元。我们搏一搏，晓叶子的两百万日元也是例外，但迟早会还回来的，所以就想开点吧。”

“是吗？那我就去碰碰运气。”

于是，烟山赶紧乘当日的夜间列车奔赴京都，那里有大鹿

---

① 三振，指三空棒，即棒球比赛中让击球员三次挥棒击球未中出局。

和叶子共同构筑的隐秘爱巢。此处只有大鹿和叶子知道，是岚山一隅的画室，离正房很远，相对独立。画家主人去世后，就一直没人使用。烟山和细卷从叶子处打探出此地后，便认真嘱咐在事情解决前，先躲起来不让任何人知道。随后让晓叶子从后门离开，烟山也从后门脱身，随即赶赴京都。

烟山按地图来此一看，右侧及后边都临近寺庙，左邻古墓，前面是竹林密布的深山，非常荒凉。

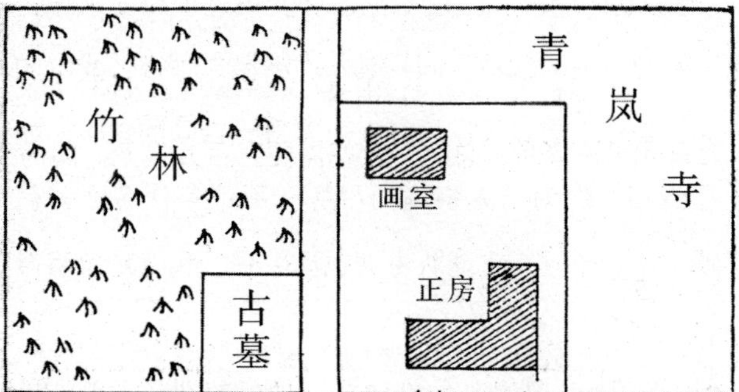

虽说是初次见面，但提起烟山球探，他可是棒球界有名的能人，被他造访的球员，似乎可以被评定为超一流选手。大鹿满怀敬意地接待了烟山。

“老实说，晓叶子昨天来公司，说要预支三百万日元演出费。她应该是不忍心看你签下三百万日元的卖身契。然而，明星还情有可原，但未来也是捉摸不定，当然了，别说给新人三百万，就是三十万日元，公司也不舍得拿出。不过，包括你在内，我们打算给你们凑齐需要的三百万日元，怎么样？具体内容为你的合同金一百万日元，给叶子预支两百万日元。我认为给你的一百万日元的合同金额可不少了。”

“感谢您的厚意。岂止不少，对于我这个新人来说，能够签下一百万日元金额的合同真是不胜感激。不过，我也知道难以办到，但还在寻找可以签订三百万日元合同的球队。如果给叶子添麻烦，作为男人将颜面尽失。不论条件多么苛刻，例如，哪怕一辈子被一支球队束缚也没关系，我就是希望得到三百万日元的合同金。”

“原来如此，是吗？如果你有这种思想准备，那就另当别论了。那么，我向社长传达你的意愿，商量后答复你，敬请期待。你已经和其他球队谈过了吗？”

“没有，还没有确定去哪支球队，但原《体育晚报》的女记者上野光子，在关西地区已建立起自由女球探的声望。她不隶属于任何球队，利用自己的人际关系牵线搭桥。昨晚，我见了上野光子，谈了我的期望值。”

“嗯？明知不该求她，却还是开口了啊。”

大鹿被烟山注视着，脸红了起来。

“我实在是没办法。因为我刚打职业赛一年，也想不到联系球队的方法。”

说到上野光子，她在棒球界很有名。据说学生时代曾是排球或某个项目的运动员，她身高大约五尺四寸①，是拥有完美身材和体形的美女。上野光子追踪报道精彩赛事，东奔西走，在《体育晚报》上发表观赛评论，博得体育迷的好评，而对选手们而言，她是个既恐怖又有威慑力的存在。这是因为大部分一流选手都难逃光子具有诱惑力的魔爪，和她发生关系后就会被抓住把柄，进而被压制住。一旦被她曝光内幕，大多知名选手都会引发家庭矛盾，只能落得神经衰弱的下场。

光子利用她的威慑力，做起了自由女球探。只看大鹿满脸通红的样子，就能猜出他也没禁住光子的诱惑。

“光子知道这个藏身处吧。”

“不，这个家除了叶子小姐外，没人知道。我和上野光子是在外面见面的。”

“是吗？那就好。我认为即便光子出谋划策，也不会有球

---

① 此处的尺与寸指1891年至1958年间，日本《尺贯法》规定的长度计量单位，1尺约为30.3厘米，1寸约为3.03厘米，1分约为0.303厘米。

队出三百万日元这笔巨款，假如有球队愿意出高价，也请你先保留意见，我马上答复你。”

“是，那我就等您消息了。请您转告叶子，让她不要担心。”

“好了，交给我吧。”

烟山立即返回东京。说到三百万日元，他不认为会有球队出此高价，但问题是《专卖报》报社，其旗下的球队聚集了众多击打能力出色的球员，只是缺少投手。他们让巨资发挥功效，在暗中拼命拉拢投手。从《专卖报》记者在朝日制片厂门前监视叶子的行为也能看出，该报似乎知道了大鹿的传闻。

烟山从京都站乘坐快车，在车上邂逅了上野光子。她修长的身躯裹着皮草，宛若哪里的贵妇。

“哎呀，您穿得很隆重啊，出门谈生意？”

“哎哟，烟山先生穿得才正式呢。这是去‘挖’谁啊？大鹿投手？”

“啊？大鹿要转会吗？”

“佯装不知。你们公司的晓叶子和大鹿先生的罗曼史，稍微透露点给我吧。”

“欸，你说什么？我还是头回听说呢。你是从哪儿听来的？”

“你要是这么佯装不知，我不问也罢。”

光子莞尔一笑，走回自己的座位。

烟山心想到底成为麻烦事了。光子只要找关西的球队，大鹿就不可能转会成功。然而，要是她去东京，首先会找《专卖报》报社，其次去找商业劲敌樱花电影公司。这两大公司都斥巨资大肆拉拢知名棒球选手。目前朝日电影的“幸运好球队”已被“挖”走三名选手。

烟山内心也十分坚定，心想对这家伙可不能大意。

他回到公司后向社长传达了大鹿的意愿，还补充说了上野光子来东京正在策划大鹿转会事宜。

“什么？《专卖报》报社和樱花电影竟然给新人投手三百万日元？最多不过一百万日元吧。哪怕只出五十万日元，可能其他球员都会有意见。”

“不过，这要看合同条件。”

“所以啊，最有利的条件也一定不会超过一百万日元。”

“不，《专卖报》需要投手，我们不能大意。我们队也最需要投手，其次缺负责三棒和四棒的选手。如果大鹿加入‘幸运好球队’，球队再从‘和平队’挖来一垒手国府做三棒选手，从‘骆驼队’挖来外场手①桃山做四棒选手，攻守两端可值一百万美元，绝对夺冠。”

“这个阵容定拿冠军。你能挖来国府和桃山吗？”

“我一定把他们挖过来。每人一百万日元的价格绝对拿下。以此为条件，请您给大鹿三百万日元。我既然做了球探，就想要把绝对得不到的大鹿‘挖’过来，我可不想输给上野光子呀。”

“你先把国府和桃山拿下再说吧。各花一百万日元拿下二人后，我们再考虑大鹿吧。这三人聚齐，我们队定拿冠军。”

“那我先问问。如果他们同意了，大鹿肯定也没问题吧。”

“先让我听到二人同意的消息。”

“好的。三日后带来好消息。”

烟山立即又踏上西行之路。

他问了国府和桃山，他们都答应了签一百万日元金额的合同。烟山很高兴。他叮嘱两位球员三日内会凑齐签约金，要拒绝其他合同。烟山办完此事后很放心，随后去拜访大鹿。

“哎呀，回复迟了，实在抱歉。其实是这么一回事，公司以国府和桃山的加盟为条件，到时给你三百万日元。我总算和

① 外场手，棒球运动中防守外场的队员，左外场手、中外场手和右外场手的总称。

国府、桃山谈妥，所以请为我感到高兴吧。之后我马上折回，公司会为你凑齐三百万日元的。”

“是吗？老实说，有些不凑巧。”

“发生什么事了？”

“其实我之前与岩矢天狗签订了协议，答应二十日前支付他三百万日元。临近二十日，却没收到烟山先生您的回复，情急之下，昨天联系了上野光子，所以就拜托她帮我联系《专卖报》报社或樱花电影，无论多么苛刻的条件，只要给我三百万日元就行。”

“那可不妙啊。上野光子是怎么回复的？”

“我们约定十九日中午在饭店见，她笃定地说一定会成功。”

“那就难办了。今天是十七日吧。我十八日早上到东京，坐夜间列车出发，十九日早上到这里，就可以抢在上野光子的前面，但也没必要做到这种程度吧。我这里肯定没问题。夜里乘火车送现金太危险了，所以我十九日早上出发，傍晚到达。我已经表达得很明确了，所以无论上野光子怎么回复，都请你断然拒绝。要不，我希望你爽约，不要见上野。”

“好，如果您已确定，我就照办。”

“当然确定。二十日你在哪儿把钱交给岩矢天狗？”

“约好他来京都。叶子小姐也十九日晚上来这儿。”

“是吗？那么，只要十九日当天来得及把钱给他就好了。我定会遵守约定，请你也守约。就算为了晓叶子，也请首先考虑我们公司。”

“好的，我知道了。”

于是，烟山总算放下心来，返回了东京。他向敷岛社长报告了上述事宜。既然上野光子已经把话说到那个份上，自己这边也不能输。

“好，那就按照约定拿下大鹿。今天傍晚前备齐五百万日元。”

“是吗？那我可拿皮包过来取了。”

“你今晚出发吗？”

“不，明早出发。夜里坐火车送钱太危险了，况且遇见上野光子就更糟糕了吧。我坐明早最早一班快车，七点三十分出发。如果坐九点发车的特快‘燕子号’，虽然发车晚，但也能早到，不过坐特快容易遇到熟人，所以特意在七点三十分出发。”

“好吧。”

因为距离傍晚还有些时间，烟山便去小丝美乃里家见了晓叶子。把准备和大鹿签订三百万日元金额合同的消息告诉叶子后，她放下心来，眼泪汪汪。

“听说你明天也去京都。”

“是的。”

“那你尽量不要太招摇。你坐几点的火车？”

“下午一点从东京出发。将近夜里十一点应该能到京都。我和岩矢约好了，打算在火车里解决我们俩的问题。”

“大鹿君知道这事吧。”

“他不知道。”

叶子看上去很痛苦，低下了头。

“这也太危险了。我去京都站接你吧。”

“不用了，没有危险，我知道保护自己。”

“是吗？那好吧，你多加小心。”

下午三点半左右，烟山领了五百万日元现金。其中一千日元面额纸钞共三百八十万日元，一百日元面额纸钞共一百二十万日元。一百日元面额纸钞带着太麻烦，装了两个皮包。

不过，晚上六点左右情况有变。

《专卖报》社会部的电话响了。正好在场的罗宇木介接起电话，只听一个男人含糊不清地说：

“是《专卖报》吧。嗯，那个……有个棒球爱好者委托我给贵社打电话，说是‘幸运好球队’的烟山球探会乘坐开往博多的快车，明早七点半出发，请派人跟踪他。再见。”

男人咔嚓一声挂断电话。

木介一直忙着追踪晓叶子和大鹿的风流韵事及大鹿的住处，他挂断电话后大吃一惊，回头看向金口副部长：

“真是个奇怪的电话啊，其实是这么一回事……”

“是吗？快报告给部长！”

木介打电话到部长家，请求指示。

“其实啊，上野光子已经提出要‘挖’走大鹿，帮他转会了。她应该是坐今晚的夜间列车去京都，因为这次转会在价格上谈不妥，或许会失败。如果烟山外出，定是去‘挖’大鹿。要是他失败了，你就揭露晓叶子的绯闻。你去跟踪烟山！而后查明大鹿的住处。只要跟踪烟山，自然而然都清楚了，明白了吧？”

“明白！”

于是，木介领过传票①后，做好出差的准备。

---

① 传票，指日本人记载钱物出入等的具有一定形式的专用票据，是日本会计记账的基础。

二、一月十九日正午—下午一点

在某家日式饭馆的雅间里，大鹿和大野光子面对面交谈。

“听说樱花电影已经成功招揽两三位一流投手了。因此，他们不愿接受你。后来我又和《专卖报》报社交涉，但他们无论如何也只能出到一百万日元。当然这个价格还可以，说实话，也是你的最高价了。”

大鹿听后反倒因此松了口气。

“没关系，这件事就算了吧。非常感谢您的关照。”

“哎哟，你可真洒脱啊。你还是觉得‘幸运好球队’好吧，那里有晓叶子小姐。”

“不，没那回事。”

“撒谎！今晚烟山君会来这吧。”

“我不知道这回事。”

“哼！”光子怒上眉梢。

“你还是转会去《专卖报》报社的‘海军切球队’吧，会给你约定的三百万日元，《专卖报》报社出一百万日元，我出两百万日元。这可是我的全部财产了，怎么样？”

“我已经不需要钱了。”

“你在说什么？你为何需要三百万日元，我已经调查得很清楚了。你认为是听谁说的？是岩矢天狗！明天是二十日了吧。他应该要来京都取晓叶子的分手费了。三百万日元，你付得起吗？”

“可以，嗯……总会有办法的。”

“你太天真了。烟山君根本不会带来三百万日元，只能拿来一百万日元。那你怎么想办法呢？”

这正是大鹿的要害。毕竟三百万日元这笔巨款没到手时，就像徒手抓烟雾一样，让人难有办法。他不禁失语，垂头丧气。

“我见过烟山君了，他打算用一百万日元诓骗你，然后看在晓叶子的情面上，设法拖延。不是太卑鄙了吗？即使那样也没关系吗？”

光子目光炯炯，燃起怒火。

“即便如岩矢天狗这样的混蛋，你和他的老婆私通，如果不能赔偿损失，也有损男人颜面吧。这不是让棒球选手当众出丑吗？我出两百万日元，你就把成捆儿的钞票扔给岩矢天狗吧。”

“我没道理拿你的钱啊。”

“就算没有理由，你拿不出钱来又能怎么办呢？”

“我会想办法的。我已做好思想准备。”

“什么思想准备啊？”

大鹿很有男子汉气概，脸上显示其充满决心。

“那时，可能，会死吧。”

“傻瓜。”

光子苦笑着，脸色马上有所缓和。

“将来可能闻名世界的大投手，竟然为了这点小事去死，太没出息了吧。听我说，我虽说没有理由给你钱，那你和我结婚吧。”

大鹿目瞪口呆。

“不必那么吃惊吧。去年夏天过得好开心啊。我从你第一次上场时开始，就觉得你会成为日本第一的大人物。‘和平队’的大力快球左投手一服君都嫉妒了，他逼问我为何理会这样一个‘毛孩子’。我质问他谁是‘毛孩子’，你的三振记录不一会儿工夫就被这个‘毛孩子’打破了。一服君自去年岁末开始就无休止地向我求婚。一服君住在京都呢。然后，他竟然说些‘马上结婚吧，我过去住吧’之类的话，所以我就明确告诉他两三天内会和大鹿先生结婚。一服君听后脸色铁青，发起火来。”

大鹿内心十分不悦，可是一想迷茫的未来，只觉前途暗淡，悲从中来。

“你为何闷闷不乐啊？爽快些，明确答复我！和我结婚吧。然后转会到‘海军切球队’，我们一起嘲笑烟山君和‘幸运好球队’的卑劣行径吧。我，为了你，哪怕损失两百万日元，我也毫不在乎。”

大鹿冷漠地抬眼，说道：

“要是和你结婚，我就不会如此不辞辛苦地筹集三百万日元了。”

光子脸色大变。

“你说什么？”

“我想和晓叶子结婚，所以我才如此痛苦。”

“哼！你们结不成婚。因为你付不起给岩矢天狗的三百万日元。”

“我已经做好了到那时的心理准备，不会麻烦任何人，我自己解决。拜托您这么多麻烦事，实在抱歉。告辞。”

“等等！”

“不必了，请不要扰乱我的心情。”

光子急转身回望大鹿的背影，只见他甩开光子挽留的手，起身离去。光子追出去的时候，已不见大鹿的身影。

光子捶胸顿足，心想无论如何也要查明大鹿的住处。一定要查明！然后报复他。光子想打乱大鹿转会“幸运好球队”

的计划，让这三百万日元也落空，阻止他把钱付给岩矢天狗。随后，定要让大鹿依赖自己。闻名天下的女球探上野光子不能输给任何人。

虽不知烟山几点到达，但今晚应该会来。因为他可能需要在明早前把三百万日元的合同金亲手交给大鹿。光子便想在京都站暗中监视烟山。不过，即便她监视、跟踪烟山，但到那时他们已经谈妥了。

光子走在路上冥思苦想，却突然偶遇了投手一服。

“刚才你竟然撂下狠话就逃了啊，阿光。”

“你干吗呀？在这人来人往的马路上。”

“哼！在哪有关系吗？你这个家伙，真要和大鹿结婚吗？”

“嘿嘿。”

“喂，要是你们结婚了，我就杀了你或大鹿。”

“你可真厉害啊。”

“是吧，喂，说你在骗我！”

“哎呀，我也不知道。因为目前还没明确。到底和大鹿先生结不结婚，这两三天就会见分晓了。”

“大鹿住哪儿？”

“我也想知道呀。”

“哼！别瞒我，有你好看的！”

“我怎么会瞒你？我也在找呢。你要是能找到就去找啊。”

“好，我一定能找到，跟我来！”

“去哪儿呀？”

“我已大概猜到。听说大鹿会在岚山终点站下车。”

“那里不是还有开往清泷的电车吗？”

“无所谓啦。我一定要找到他。我要和大鹿促膝谈判，只要那小子肯放手，你就和我结婚吧。”

“哎，谁知道呢。就算不和大鹿先生结婚，也未必和你结婚啊。”

“不许你那么说。”

“那让我怎么说？”

“总之，我一定要查明大鹿的藏身处，跟我来！”

一服像是强行拽着光子般走了起来。虽说光子个子高，但六尺多高的一服一身蛮力，她对此也无能为力。

然而，光子心中满是奇招妙计，自然是信心满满，因为她十分确信能以备不时之需，如果能利用这个蠢货的执着得知大鹿的藏身处，也算是意外之喜。她暗自窃笑，甘愿被一服拽着走。

三、跟踪

同一天早上的东京站，距离七点三十分开往博多的快车出发还有十分钟，金口副部长和罗宇木介在等待烟山的出现。

因为在陌生的城市中一个人追踪会很危险，所以金口副部长也一同前往。

“啊，来了！来了！”

“谁？烟山吗？”

“你看那个人拎着两个大皮包，就是那个男的。”

“那个戴鸭舌帽的？”

“是他。”

那男人看起来四十五六岁，表情凝重。这个烟山因做棒球球探而出名，但他原本是剑道和柔道高手，有着五尺四寸五分的正常身高，体格健壮。虽是个著名的球探，但对于他私生活的社会评价非常不好。他在银座经营夜总会，说到这，或许就不必再介绍下去了。他还开了一家潜水贸易公司，用尽手段到处欺骗。但令人不可思议的是，他总在危险的边缘钻法律空子。仅就棒球球探而言，他做出了实际成绩，名声也响当当的，或许他的丑闻也因此未传扬开。“挖角”工作本身就类似于欺骗，可能他正因此而满足呢。

看到烟山上车，金口和木介上了中间的二等车厢，但烟山未在此车厢就座。

“咦？他上了一等车厢？还是最前面的二等车厢呢？木介，你去看看！”

“好。”

木介过去仔细查看，回来说道：

“哎呀！敌人不好对付啊，太令人惊讶了。”

“你在吃惊什么？”

“他不在一等车厢，也不在最前面的二等车厢。我竟然看到他在三等车厢的角落，戴着口罩遮住脸。因为我看到了他刚才穿的衣服，所以就识破了。烟山先生，这是‘微服出行’啊。其中必有缘由。据我观察，两个皮包里装着成捆儿的钞票。”

“现在总算发现他了吗？”

“他有些担心啊。”

“即便是烟山，那也不是自己的钱啊。”

“的确如此。他也不过是个可怜的职员啊。不过，烟山先生的月薪要比我们高得多吧。”

木介悲伤地说。

列车正顺利驶向京都。预计到达京都的时间是下午六点四十一分。

“木介，你去烟山的车厢盯着点!”

“好。”

但车还没到京都，木介就愁眉苦脸地回来了。

“没看到烟山啊。”

“可能在厕所。”

“我问了坐在他附近的人，大家都说不知道。然后我大致看了一下行李架，看似像那两个皮包的东西都不见了。不是自夸，我识破皮包里有成捆儿的钞票后，就把它记在心中，想着别认不出。”

列车到达京都。

两人在检票口处努力瞪大眼睛，但烟山没有下车。下车的乘客已经走光了。

停车时间有十五分钟，所以两人就查看了换乘的站台，还是没有看见他。为了慎重起见，两人又检查了车内，在京都站有很多乘客换乘，烟山就在空荡荡的车厢里，很显眼。

烟山此次坐在最前面的二等车厢的正中间，他用围巾遮住脸，竖起大衣的衣领，看着杂志。那个皮包被他塞进座位下，用脚压住。

“这家伙真够谨慎的，总在换座位。如此一来，绝不能让他跑了。我就在这监视他。”

“好，我也监视他。”

二人尽量不被烟山发现，坐在了他后方稍远的空座上。

烟山在大阪下了车，打了辆车。二人也打车追踪。车子过了新淀川，返回吹田附近，在一栋小房子前停下。

金口独自下车后，对载烟山的司机说：

“我们不是坏人，是报社记者。有些原因要跟踪你的乘客，拜托你在转弯的时候尽量让我们容易跟上。”

说完塞给司机一些小费。

随后他一看烟山进入那户的门牌，大吃一惊。这里竟是“骆驼队”的超强击球员外场手桃山家。

“竞争对手去了桃山家？又被这家伙打了个措手不及。果然有一套啊。”

十四五分钟后，烟山出来了。二人又继续追踪他，车子飞奔在国道上，迅速地回到朝向京都的方向。在拐进一条窄路后，车子最后来到山崎①的乡间。烟山消失在有着气派大门的宅院里。

---

① 山崎，位于京都南部，古来是京都和大阪之间的交通要地。

金口一查看门牌，竟是“和平队”的至宝——击球出众的一垒手国府的老家。

“真相终于浮出水面了，越来越离奇了，厉害，真厉害！”

“真不负‘怪物’之名啊。虽是对手，却值得敬佩。如此一来，成捆儿的钞票也少了许多吧。”

木介只在意那些成捆儿的钞票。

“木介，你觉得这笔合同的金额有多少？”

“可别让我想罪恶之事啊。”

又过了十四五分钟，烟山再次现身。

车子一溜烟地开往京都。

“原来如此啊。敌人已提前想好了顺序，他先把诸事处理好，再去大鹿的藏身处。他不知道我们跟踪他吧？”

“或许不知道。他不会是在火车上早就识破了吧？”

“总感觉这样可不行啊。随着钞票捆儿变少，我们似乎也有些饿了。想赶快喝口闷酒啊。”

车子驶入京都的市区，向南经过河原町四条，进入后巷，停在一栋雅致的房屋前。不过，此建筑有些像小饭馆，但悬挂的却是旅馆的招牌。把烟山送到此处后，车子便往回开。而金口和木介也下了车。

“看起来，这里就是大鹿的藏身处了吧。好吧，事已至此，咱们也住进去吧。”

“好啊，好啊。”

二人站在旅馆门口，一个老太婆匆忙赶过来。

“欢迎光临。”

“有房间吗？”

“房间吗？真是不巧，已经客满了。”

“刚才不是进去一人吗？”

“啊，他预约了。”

“有位客人在此长住吧。”

“长什么样？”

“身高大约六尺的大汉。”

“不知道啊。”

“和刚才进入的那位认识，是个年轻的彪形大汉。”

二人无奈之下，只好向右转。一看表，已九点五十分。

“啊，这里有家乌冬面馆。你们去喝一杯，再打听吧。”

“也好。”

二人点了壶热酒，之后便打探前面的那家旅馆是否住着一个彪形大汉，但都不得要领。

“大叔，你不看棒球吗？”

“一有比赛，都顾不上吃饭了。”

“那你知道‘切斯特队’的投手大鹿吗？”

“就是那个烟球投手吧。可我不是他们队的球迷。”

“那个大个子，有没有住前面那家旅馆啊？或者有像他这样的人住过吗？”

“没见过。”如果他不知道，就无须问“长住”了。

“管它呢，先打听打听吧。干脆我们要求和烟山见面吧。不管他怎么回应，我们只当‘破罐破摔’了。”

“同意。”

于是，二人又返回旅馆。

“我们想见见刚才入住的烟山先生。”

“啊？烟山先生刚出去散步了。”

“哎呀！”

木介发出怪声，而金口到底是沉稳。

“什么样的装扮？是穿着旅馆的棉和服吗？”

“不是，他穿着西服。”

“那么一定拎着皮包啦。”

木介对皮包很执着，不禁大声喊道。老太婆吓了一跳。

“没有，皮包放屋里了。都说他去散步了。”

“哦？那就非常奇怪了。”

二人失望地走出门外。

“哎呀，那真没办法了。我们顺便去趟分社吧。”

话说分社那边，傍晚五点左右总社有人打电话找金口，说是晓叶子和岩矢天狗应该会坐晚上的快车，晚上十点四十七分到达京都，所以留言吩咐他们去京都站看看。

不过，他们没去成。如果当时他们直接去分社就好了，可他们却在新京极①闲逛，因为吃了肉串，又喝了一杯，到分社的时候已经是夜里十一点五分了。

尽管后悔大叫，但为时已晚。即便如此，他们可怜地求神保佑火车晚点，正准备出门，却听到分社的人说：

“对了，我想起来了。有人替你们去火车站了。”

“谁去了？”

“正好五点半吧，上野光子女士来访，说是和大鹿相谈了一番，因为总社不能痛痛快快地付钱，所以没谈拢，就断了联系。后来，就接到了这样的电话，要说和大鹿问题有关，当然有了。她又说照目前的状况看，自己还是有人脉的，之后就跑出去了。在车站遇见晓叶子二人，和他们商量的话，感觉有希望解决，她似乎立刻又打起精神。”

“啊？是吗？我们可是完全提不起精神呢。”

---

① 新京极，京都市的繁华街，是一条南北走向的街道。

尽管如此，金口和木介仍快速驱车去京都站，但快车正点到达。当然，从快车下来的乘客，不可能这会儿还在闲逛。

二人找个旅馆住下，这回可是真正地在喝闷酒了。

四、杀人事件

大概在二人还没喝完闷酒的时候。

凌晨两点半左右。

叶卷家把画室租给大鹿，他家的走廊面对的庭院，有个女人在敲走廊的防雨窗求救。叶卷太郎和次郎打开防雨窗一看，晓叶子浑身是血地站在门外。

“呀！晓小姐，您这是怎么了？”

“大鹿先生，他被杀了。”

“啊？您没什么事吧？哪里受伤没有？”

“没有，我晕倒了，刚醒过来。快，快报警！”

于是，警察展开调查。

画室仅是一间长三间①、宽两间半的西式房间，此外只有洗手台和厕所。房间里有床、西服柜、书桌、圆桌和三把椅子。

① 间，1891年至1958年，日本《尺贯法》规定的长度计量单位，一间为1.818米。

大鹿倒在距门口一间左右处，他脸朝下，身体倾斜朝向中央。伤口均是从后面被锐利的刀具所刺而形成的，其中后背有四处，颈部有一处，这几处都是被乱刺一通留下的。

死者周围血流成河。连墙上和天花板上都溅有血迹。

晓叶子接受询问时说：

“我是在刚过凌晨零点时来到这里的。入口处的大门没锁，画室的灯也关着。但因为我知道进门处右手边有开关，于是马上开了灯。我扫了一眼屋内，目瞪口呆。我记得当时跑过去想要试着抱起他，但发觉大鹿先生已经死了，我当场晕了过去。突然清醒过来后，我就敲了叶卷先生家院子的防雨窗。”

叶子的确倒在血泊中。她的衣服和脸都沾满了血。

“哎？是谁被尸体绊倒了？这里有个沾血的手印。你，没被绊倒吧？”

“没有，我进门就立即开灯了。”

“原来如此。这似乎不像女人的手掌，比被害人的手掌要小。”

确实有人在现场留下手印和鞋印后逃离了。

“晓小姐，你抽烟吗？”

“不，大鹿先生也不抽。”

“果然如此，所以你们就用大碗代替烟灰缸了吧。不过，的确至少有一男一女在此抽烟了。男人抽了一支，女人抽了两支。”

叶子随即想到凶手一定是他。但抽烟的女人又是谁呢？是上野光子吗？

叶子向警官坦率地说道：

“我知道凶手是谁，一定是他。”

“你亲眼见到的吗？”

“没有，那人和我一起从东京来这，他就是我丈夫岩矢天狗。”

“是和你一起来这里的吗？”

“不，到了京都站就分开了。我打算与岩矢离婚后和大鹿先生结婚。为此约定作为我的分手费，大鹿先生要给岩矢三百万日元。约好他明天中午来取，但岩矢明天下午三点前需要支付别人钱，所以就提出今晚想拿到钱。我知道今天傍晚烟山先生会给大鹿先生三百万日元，岩矢的态度也未有异常，看得出他只是想要钱，除此之外，并无怨恨。于是，我就和他说那今晚来找大鹿先生要钱吧，我们一起去大鹿的藏身处。我无意中告诉了他地址。提到青岚寺旁边的画室，应该马上就知道了。青岚寺很有名，隔壁就这一家画室。我一门心思想着尽快把分手费给岩矢，好和他断绝关系，就不由得告诉了他地址，却想不到事情会变成这个样子。”

“原来如此，你们俩不是一起来这里的吗？”

“本该一起来的。但下了京都站，一出检票口，就有人把我叫住。那个女人我不认识，她自我介绍说她叫上野光子，是职业棒球球探。在我们站着闲聊的过程中，焦急的岩矢不知何时不见了。我知道他着急的原因。因为要明天三点前返回横滨，他就只能坐零点三十二分去往东京的车，那是末班车。我们是晚上十点四十七分到的京都站，只间隔一小时四十五分钟。如果驾车往返，几乎没有富余。因为看不到岩矢，我大吃一惊，想要去追他，但上野小姐抓住我的胳膊挽留我，不让我走。但我相信岩矢着急是因为赶火车，所以不太担心。然后，我听从上野小姐的命令，去了车站附近的咖啡馆。”

“你们都聊什么了？”

“上野小姐劝我不要和大鹿先生结婚。她说大鹿先生和‘切斯特队’的灰村教练感情很深，他和‘切斯特队’签约也属特殊情况，所以如果财迷心窍转会到其他球队，就会成为联盟的问题，不仅会被停赛，连职业棒球界都会抛弃他。因为她不忍看到大鹿先生因为恋爱而被棒球界抛弃，才给予忠告的。但我也听大鹿先生讲过，所以了解相关情况。灰村教练对他是有培育之恩，但他和‘切斯特队’的合同只有一个赛季，下个赛季的合同还没谈。我主张上述观点，和上野小姐争论起来，但这种争吵没个完，我就起身离开了。为了这点事，大概浪费了二三十分钟。之后我便打车独自来到这里。”

“都有谁知道这个藏身处？”

“除了我们俩，我只告诉了烟山先生和岩矢。其他的就想不到了。”

但住在主屋的叶卷太郎，却提供了意想不到的证词。

“大约今晚九点，一服先生来到我家门口，问大鹿先生是否住在这里。我就带他去了画室。”

“你说的一服，是什么人啊？”

“就是‘和平队’的大力快球左投手一服先生啊。”

“啊，是他啊。之后就没有其他来客吗？”

“那就不知道了，因为一服先生过来询问，我才知道的。如若不然，隔得那么远，又被树丛遮挡，不可能了解画室的状况。况且冬季天一黑，我们就关上防雨窗了。”

“那你听到奇怪的声音了吗？”

“什么都没听见，我们都睡着了。”

于是，搜查总部就设在辖区警署，警方验尸后，鉴定员对现场做了细致的勘查，之后开始搜查住所。

根据查明的事实，有如下几点特别值得关注：

一、大鹿和“幸运好球队”签订新合同，似乎收取了三百万日元，但那笔钱遗失了。

二、合同藏在胸前的内侧口袋中，所以未被血迹弄脏，合同签订日期为一月十九日。大鹿用毛笔签名，但房间内既没有墨汁，也没有毛笔。

三、从死者的出血情况来看，凶手的衣服可能也有大片血迹。

四、根据刺伤情况判断，凶手似乎腕力很强。

五、大鹿的裤兜里有上野光子的名片，上面印有她在东京的住址，以及用铅笔写的京都公寓地址。好像出自光子本人之手，是女人的笔迹。

六、现场有沾血的鞋印和手印，既不是凶手的，也不是叶子的。

七、餐桌上摆放着用来替代烟灰缸的大碗，还有两三根外国香烟的烟蒂，其中两根有口红印，一根没有。

八、但是，没有用茶水招待来客的痕迹。

九、到处都有被害人的指纹，但未发现其他值得关注的指纹。

十、根据法医验尸结果，案发时间是在晚上九点到十二点左右，准确时间应该要等到解剖后才能知晓。

天将放亮时，警察突然造访了一服投手的住处。当时其还在熟睡中，之后他被带到搜查总部。警察还将上野光子从名片上留有地址的公寓中带走。

警察搜查了二人的房间，并未发现带血的衣服和遗失的钞票。

此外，警察正在搜查总部里寻找烟山及岩矢天狗的下落，他们还不知道烟山的落脚点。

先是一服接受了审讯。

搜查主任就是尽人皆知的名侦探居古井警部①。

“你昨晚去大鹿君的住处了吧？”

“去了。我从午后一点左右到晚上九点左右，终于查明了他的藏身处。”

“晚饭也没吃？”

“吃了啊。”

“你为何硬要这么辛苦找他呢？”

“因为想尽早解决问题。我向上野光子求婚了，但阿光却说她想和大鹿结婚。因此我要听听大鹿的真心话。”

“大鹿君是怎么回答的？”

“很简单，他说应该会和其他女人结婚，明确告诉我他已经拒绝了阿光。我又问他今后是否会放弃阿光，他说无论是否放弃，还是和其他女人结婚，应该都不可能和阿光有瓜葛。话说得简单明了，我也就放心了，马上就离开了。”

“你大概几点离开的？”

“我想想啊，因为是九点左右去的，嗯，大概聊了二十分钟，我就马上回来了。在新京极举杯庆祝后就回家睡觉了。”

“你在大鹿君处抽烟了吗？”

---

① 警部，日本警官的警衔之一，衔级在警视之下，警部补之上。

“当时是怎样来着？啊，我想起来了，抽了。我让他拿个烟灰缸，结果他拿了个大碗过来。这小子好像不抽烟。”

“那个大碗还有别人的烟蒂吗？”

“没有，洗过的大碗，什么都没有。”

“好，非常感谢。啊！对了，大鹿君和你说过要转会到‘幸运好球队’的事吗？”

“没有，没听过。他只是说因为需要钱，就拜托阿光帮忙交易。所以他只是和阿光见面，并没提结婚之类的事。”

“非常感谢，大清早劳驾你跑一趟。还请你稍等。”

“如果一服的证词可信，他回去后，应该是有女人，哦不，也可能是男人，总之有个涂口红的人来访，还抽了两根烟。”

居古井警部叫来光子。

“昨晚似乎回来很晚啊。今天又一大早劳烦你跑一趟。昨晚大约几点拜访的大鹿君？”

光子若无其事地“哼”了一声，没有回答。她心情舒畅地挺直身体，一副威风凛凛的架势。

“你身材真好。有多高呢？”

“一米六六，体重是五十七公斤。”

“五十七公斤？我们刚好一样。话说回来，听说大鹿君拜托你帮忙交易，进展如何啊？”

“如果签合同了，我可以告诉你，因为我还没谈成，所以不能公开。这可是球队的秘密。”

“不过，听说你威胁晓叶子小姐，说如果大鹿君转会，就会违反联盟的规定，将被逐出联盟，让她不要和大鹿结婚。”

“我怎么可能威胁她呢？倒是晓叶子才居心叵测。这是美人计。她和岩矢天狗合谋骗走这三百万日元，为此才做了这些铺垫。”

“嘿嘿，你为何知道？”

“我在车站检票口等他们俩出来。两人从检票口出来后，岩矢天狗对叶子是这么说的：‘今晚这么冷，我却要坐火车慢悠悠回去，而同一时间老婆却和别的男人调情，一想到这些就觉得悲凉。’叶子嬉皮笑脸地说‘三百万日元可是赚大发了’。我不由得火冒三丈。”

“原来如此，就这些吗？”

“这些还不够吗？”

“你没见烟山先生吗？”

“没见。”

“你是几点见的大鹿君？”

“中午十二点开始，聊了大约半小时。”

“不，我是问你昨晚拜访他的时间。”

光子的抵触情绪从脸上一闪而过，随即又放弃抵抗般地说：

“大概九点半吧。我找他也没什么事。只是在河原町四条的咖啡馆，听到有初中生在谈论大鹿先生，我偶然听到他们说大鹿就住在青岚寺旁边的画室里，我也没什么事，就想随便过去看看。”

“那时遇见一服君了吗？”

“靠近画室处，我们擦肩而过。当时我在车里，而他在路边走。我转移视线，佯装不知从他身边经过。”

“一服君注意到你了吗？”

“不知道，因为我瞬间转移了视线。”

“然后呢？”

“马上就找到了画室。大鹿先生一看到我，就说一服先生刚走。我开他玩笑，说叶子夫人要来了，所以就坐立不安，不淡定了吧。”

“他知道叶子小姐和岩矢先生一起乘火车，十点四十七分到达吗？”

“我告诉他了。他说两人一起来很奇怪。然后我告诉他《专卖报》报社的记者在车站监视，他大吃一惊。但我没告诉他到达时间，因为我也需要去迎接那两人。于是我就糊弄他说已经到了。”

“没聊他和‘幸运好球队’签约的事吗？”

“我问了一下，但他含糊其词，没有回答。但我心里明白，因为他的态度淡定从容，很是放心，所以我就知道他是签下合同了。中午见他的时候，他还忧心忡忡而处于思绪混乱的状态。”

“那你大约是几点离开的？”

“就待了一二十分钟，我既然知道了他的住处，就想顺便过去嘲笑他一番。大概也就一二十分钟的工夫，因为我让车在外面等我。”

“你抽烟了吧？”

“当然了，我离开烟，十分钟都呼吸不了。”

光子说着，便从烟盒里拿出香烟点上火。

“你特意在京都租了公寓吗？”

“职业棒球相关人员大都如此，因为要经常在关东和关西之间往返。与其每次住旅馆，还不如提前租间公寓方便。像我们这些球探，因为需要掩人耳目开展工作，所以大都有不为人知的秘密基地。而像烟山先生这样精明强干的人，绝对准备了三四个秘密基地。”

“那你只有一处吗？”

“是的，只有一处，毕竟还是新手。”

“你知道烟山先生的藏身处吗？”

“不知道，烟山君可不会让人知道他的秘密基地。”

“如此说来，你离开大鹿君家时，他还活得好好的？”

“您是说我杀了他？”

“不是，我是问你是否注意到什么可疑之处。”

“我没发现任何疑点啊。我乘车前往车站。在车站逮住晓叶子小姐前，没遇见任何人。您问问载我的司机就能知道吧。”

“原来如此，是有明确的证人啊。是个什么样的司机？”

“我不记得了，但对方或许还记得，因为就是昨晚的事。”

“那是当然。那么临近十点前，大鹿君还活着。”

“是的。”

“啊，真是辛苦你了。在我们调查结束前，还请稍等。”

叶子、光子和一服这三位证人都被留在警察署，警察就收集到的资料召开了搜查会议。

总之，首要问题就是要找到岩矢天狗和烟山的下落。

五、火车中签约

八点半左右，金口和木介被分社的年轻同事叫醒。两人因昨晚喝闷酒而宿醉，此时正头疼，心里非常不痛快。

“出大事了！大鹿投手昨晚被杀了。分社长正赶往搜查总部呢。”

“哎呀，真是意想不到的怪事，凶手是谁?”

“还不清楚。仇杀、盗窃杀人，众说纷纭。分社长打来电话，听他说‘幸运好球队’给大鹿的三百万日元也遗失了。”

“胡扯!”

“哎！你竟然骂人!”

“原本我们俩就配合默契，是东京很有才能的记者。我们从昨天早上七点半到晚上九点半多一直在紧跟着烟山，所以掌握了他的所有行踪。”

“喂喂，你可别说大话了。”

金口副部长到底还是制止了木介，可木介丝毫不畏惧。

“不对，我们就是掌握了烟山的所有行踪啊。他确实不可能在九点半之前见到大鹿。九点半之前那三百万日元还在烟山的皮包里，九点半后就把它放在旅馆了。大鹿是几点被杀的?”

“夜里九点到十二点之间。”

“你看，没错吧。”

“喂喂，木介，你别着急。我们也深陷其中。你好好想想，我们为何要追踪烟山，是因为接了可疑人的电话。这下可糟了，有人在背后嘲笑我们。我们快去搜查总部吧。”

于是二人来到了搜查总部。

居古井警部听了二人的奇怪陈述，表现得有些吃惊。

“如此说来，你们从东京到京都，一直都在尾随烟山先生吧。”

“您说得没错。”

警部委派一位刑警，告诉他二人刚说的旅馆名，命他把烟山请来。刑警立即出发。

“那么，烟山从大阪站下车，先后拜访了桃山和国府两位选手，而后直奔京都，是吧？九点半之前，他应该完全没时间见大鹿啊。”

“是的。不过呢，就在我们吃乌冬面喝酒时，烟山出门散步了。但据说没拿皮包。”

“然而，上野光子九点半拜访了大鹿，据说那时他似乎已签了合同，看上去很放心。”

“哎？”

“是一个匿名可疑男子打电话让你们跟踪的吧。”

“不是，那人打电话通知我们烟山的出发时间。”

“这可有点意思啦。”

“报社这种地方，总会接到奇怪的电话。大都是提供假信息，唯有这次不但准确告知烟山的出发时刻，而且连他从东京出发去往京都一事都被说中。果然是正月好运来啊。”

“真是匪夷所思啊。请详细告知跟踪的情况。”

于是，木介欣然地详细讲述起来。

就在这时，烟山被带到警署，便换他接受审讯。烟山头戴礼帽，围着白色围巾，拎着两个皮包出现在大家面前。木介见状，和他擦肩而过时发出疯狂的叫声。

“哎呀，这人是变魔术的吧？昨天还戴着鸭舌帽，围着黑围巾啊。”

烟山狠狠瞪了木介一眼，站在居古井警部的面前。被人请坐到椅子上后，他窃笑着打开皮包，

“瞧，鸭舌帽和黑色围巾都在这里。因为我的工作必须尽可能地掩人耳目，所以事事要格外小心啊。”

“原来如此，上野光子小姐也如此评价您呐。”

“她虽是女流之辈，但很能干。”

“您昨天带着合同金和合同，乘火车去京都一带了吧。”

“正是。”

“您大约是几点和大鹿选手签约的？”

“哎呀，说来蹊跷。火车到米原①时，大鹿也上了车。我试着问他为何知道坐这班车，他说并非自己知道，只是被不安情绪侵袭，令他无法在京都等下去，便糊里糊涂地来米原等快车。米原到京都的区间各站快车是不停的。后来他就在车上同我讲了和上野光子之事的原委，我便安慰他：‘没关系，别担心，你放心吧。’因此就在火车上和他签了约，我交给他三百万日元。崭新的一千日元面额纸钞此时倒是方便，虽说有三百万日元，还是塞进了各个口袋里。”

“哎？他是用毛笔在合同上签名的吗？”

“没错。您看。”

烟山打开皮包，拿出砚台盒展示。

“棒球运动员大都不带砚台、毛笔之类的东西。所以我就自己带着。”

“您果然很细心啊。对了，您知道有人从东京就跟着您吗？”

“不，不知道。但由于工作关系，我行动时通常会预想有人跟踪我。”

“原来如此，这样我就明白了。不过话说回来，您从东京

① 米原，指日本滋贺县米原市。——编者注

出发的时间，有人知道吗？”

“我想想啊。公司里，嗯……社长知道，还有谁呢？不可能有那么多人知道。也许很多人会认为我会坐九点的特快。因为虽然晚出发一个半小时，但大约提前一小时四十分钟到京都。不过，坐特快多会遇见熟人，所以我几乎不坐。”

“实际上，在您出发前夜，有人打电话到《专卖报》报社，告知您的出发时间。当然是匿名电话。刚才发出怪声的是跟踪您的记者。”

“是吗？那可太奇怪了。是谁泄露了我的出发时间呢？晓叶子可能知道，但她不可能那么做。”

“您此次关西之行的事情都办完了吗？”

“办完了。说来奇怪，因为和大鹿提早签约，就不用在京都留宿了，但已提前约定了旅馆，便打算好好休息下。这十天已经往返关东和关西三次了。”

“在京都，您一直住那家旅馆吗？”

“不是，算上这次，订了三回。我很少住在固定的旅馆。况且大阪、神户、南海①沿线的事务要比京都更多。”

“听说您到旅馆后就去散步了。”

---

① 南海，指日本南海道，下辖和歌山县、三重县南部以及四国岛区域。——编者注

“是的，我出去买土特产了。我原本都不怎么做这些事的，也没工夫买，但这天想着好久没放松了，就买了点土特产之类的东西。最终买了这些，有京红①、香囊、女式扇子，全是女人的礼物。哈哈哈。”

烟山打开皮包，给警部看各式特产，同款商品买了好几件。他还顺便让警部看了皮包里的物品，除了乔装用具和洗漱用品之外，什么都没有。

“您什么时候散完步回来的？”

“这个嘛……我从四条逛到三条，然后去了祇园，到各处游览一番，又返回新京极，临睡前喝了点酒，回到旅馆大约十二点半吧，也可能快到一点了。”

“太辛苦您了。在大家的调查有些眉目前，还请您稍等。”

“哪里，您太客气了。我好不容易争取来的选手被杀，我也很心烦。枉费我如此辛苦。”烟山苦笑着离开。

居古井警部叫来叶子，问她是否知道烟山的出发时间，叶子说只知道早上出发，但不知道具体时间，且没和任何人提及此事。

就在这时，刑警把岩矢天狗带了进来。岩矢三十七八岁，身材矮小，但腕力似乎很强。还没等警部发问，他突然大叫起来：

---

① 京红，京都产的一种口红。

“开什么玩笑！我进入漆黑的房间，被尸体绊倒，双手伏地。我点燃打火机，看了一下屋内。因为找到了开关，我便开了灯，见状后心想这家伙不行了。我就马上洗手，关掉灯后逃走了。我大概只待了三五分钟。当时他已经死了。或许留下了鞋印或手印，可我顾不上擦干净啊。大家可以找来司机问问。有让车子在门外等着，自己进屋杀人的吗？不过，反正我一想到可能被人怀疑，就很惊慌。三百万日元没了，还回不去横滨。心想管它呢，便去了吉普女郎①店。”

岩矢脸通红，好像喝了酒。他衣服的胸前、袖口和膝盖处都沾着血。他似乎已擦掉很多血迹，但仔细看仍能看出。

经调查，确实是岩矢的手印和鞋印无疑。

“你不留恋叶子吗？”

居古井警部尖锐地问道。

“多少有点吧。但如果能卖三百万日元，再喜欢的女人也得放手啊。”岩矢冷笑道。

“好了，你先等会儿。我问问司机就知道了。什么样的司机？”

“你们随便找吧。”

---

① 吉普女郎，又称潘潘女郎，第二次世界大战后，以美国兵为对象的日本街娼。

“嗯，我们会找的。请在那边休息。”

打发走岩矢天狗后，居古井警部伸了个懒腰。

“昨天京都应该有很多出租车往返于岚山和市区间，你们先去找找，然后再给我看看时刻表。开往博多的快车，是下午五点五分吗？下午从京都出发到米原，再乘车返回，火车只有一班。下午两点二十五分从京都出发，是四点三十分到米原吗？”

居古井警部闭上眼睛，陷入了沉思。

“我能理解大鹿到米原时孤单不安的心情，不过请给我看下合同。”

警部将合同拿在手中，仔细端详。

“在行进的火车上，能写出这么工整的毛笔字吗？只能是停车时写的吧。”

他又陷入了沉思，于是让人把一服投手叫来。

“听说你从大鹿君家回来时，和上野光子小姐的车交错而过吧。”

“不，我不知道。”

“不过，你总看到对面过来的车了吧。”

“哎呀，这谁知道啊。我不记得了。”

“因为你走在那么冷清的街道，又很晚了，不是会印象深刻吗?”

“可能我在想事情吧。”

“是嘛，非常感谢你的配合。”

居古井警部冥思苦想了很久，小声自言自语道:

“无论如何，凶手只能是他啊，已经真相大白了。”

随后露出满意的笑容。

凶手是谁?

解决“投手杀人事件”的所有关键信息，至此都已悉数列举完毕。作者已经无须赘述。

可疑的人物四处乱窜，可能会干扰诸位读者的推理，但大家应该已经完全可以有理有据地指认凶手了。

凶手是谁呢?

来吧，请找出凶手。

解决篇

居古井警部起身下命令。

“麻烦各位，请求各警署支援。如果对方印象变模糊就麻烦啦。今日之内要把它找出来。”

“找什么?”

“汽车。”

“已经派人去找汽车了。这两辆车分别载着岩矢天狗和上野光子往返于岚山与市区之间。”

“不，不是的。只找单程的汽车。大家找单程载人去岚山的汽车，找到后把司机带过来。”

“全部吗?”

“全部。起点是哪无所谓。不过，是昨天傍晚五点左右起载客人去岚山的汽车。且只找拉男乘客的汽车就好。还有，乘客超过一人的，可以不必叫来。傍晚五点至深夜十二点，载有一名男乘客去岚山的汽车，把司机全都叫来。”

居古井警部稍做思考后补充道：

“还有一点非常重要，我们要找更不着边际的东西。首先是公寓，其次是寄宿之处，包括兼营寄宿之处。无论是歇业的商家、别墅，还是寺院。然后是旅馆，所有地方都排查一遍。还有租了房但租户很少露面的那种地方，大家也要查明。且要问问租户昨晚是否现身。租户是男性，中年男子。”

得到了各警署的支援后，居古井警部把警力分为搜查房屋和寻找汽车两队，提醒大家一些注意事项后，便确定了各自负责区域分头搜查。

而后，岩矢天狗、烟山和一服三名男性，晓叶子、上野光子两名女性，共计五名相关人士在警察的看守下，来到柔道场休息。

过了一会儿，一位警官来到居古井处。

“东京的报社记者吵得我们难受，还质问监禁他们算怎么回事，并大声叫嚷着放他们出去。他们粗暴且吵闹，我真没办法了。”

“啊，是吗？把他们关进柔道场了吗？算了吧，把他们放出来，然后带到这里吧。”

木介暴跳如雷，金口则默默地笑着，他们被带到警部面前。

“京都的警察了不起嘛。”

“好了，好了，你就原谅我们吧。”

“拉倒吧。吾等怀着万世永存的慈悲之心，虽说还有些宿醉，却来这俗世给你们提供搜查线索，哼，再瞧瞧你们!”

“抱歉，抱歉。我补偿你们解宿醉的药，可别再生气啦。正好到中午了，在这吃个盒饭吧。”

居古井警部拿出一瓶三得利①威士忌，给二人倒上。

① 三得利，日本一家以生产、销售酒与果汁饮料为主要业务的老牌企业。——编者注

“不会被指控受贿罪吧？”

木介心情好了些，和警部干杯。

“哎，居古井先生，吾等不惜略尽绵力，你能不能给我们透露点消息啊？其他报纸记者不知道的。”

“这还用透露吗？你们的跟踪记肯定受欢迎啊。”

“你可别给我们‘戴高帽’① 啦。”

“那是昨天早晨七点三十分吧，你们最初发现烟山先生的时候，他穿什么衣服？”

“和今天一样啊。只有帽子和围巾不同。”

“口罩呢？”

“那时没戴吧。如果戴口罩，再用围巾遮住，我们就认不出来了。毕竟我们才见他两面。”

“是吗？你可真明白啊。”

“可别笑话我了。拜托你告诉我们第一个提示。”

“啊哈哈。第一个提示是你告诉我的啊。”

“太遗憾啦。那第二个提示呢？”

“第二个提示是上野光子给的吧。”

“什么提示呀？”

---

①“戴高帽”，俗语，意为吹捧、恭维。——编者注

“先等等。今日之内定会真相大白，一定会抓到凶手。我还是先告诉你第三个提示吧。听好了，因为血溅到墙上，所以我认为凶手可能全身是血。不过，除了叶子之外，没有人衣服沾满了血迹。岩矢天狗的衣服上虽然沾有血迹，但没到浑身是血的程度吧。然而，凶手的衣服上应该是溅满了血。且我们没有从任何人的房间里找到溅满血迹的衣服。这就是第三个提示。”

“我完全听不懂你在说什么。”

“算了，你们先写写跟踪记吧。有好消息，我会第一个通知你们。”

已是傍晚，夜幕降临，六点左右。

电话铃响起。居古井警部拿起听筒，只见他神情愈发紧张。

他放下听筒，向两位记者大喊：

“来吧，你们一起跟我走。恩人，真是多亏了你们啊。是你们告诉我凶手是谁的。其中缘由在车里再给你们解释。快，出动！查明凶手身份了！”警部带着二人，坐上了警车，还有几辆车跟在后面，驶向凶手处。

“分析完你们的跟踪后，我才知道凶手是谁。”

居古井警部开心地开始说明。

“你们听好了，烟山在火车里戴着口罩，用围巾遮住脸，时而调换座位，再更换帽子和围巾进行乔装。清晨冒着户外的严寒，他竟然在上车前还没戴口罩，露着脸在车站内走来走去，考虑到上述因素，就首先揭开了案件之谜的一角。那他为何露着脸来回踱步呢？是因为他需要让某人看到自己的脸。而‘某人’就是你们啊。了解到这一步，或许就能解开电话之谜了。电话是烟山自己打的。他需要被你们跟踪，因为他要假装坐上了七点三十分出发的火车。”

“那么，他没坐这趟车吗？”

“坐了，但只坐了一会儿。他大概是在热海①或静冈附近下车，又换乘了稍后开来的特快‘燕子号’，因为他需要比你们早到京都。‘燕子号’虽晚开一个半小时，但在到达京都前会超过上一班车，反而可能会大约早到一小时四十分钟。他需要用这一小时四十分钟完成一项工作。他一到京都，便立即打车赶往大鹿住的画室，把三百万日元交给大鹿，和他签约。要说为何要这么做，是因为如果不先交钱签约，即便杀了大鹿，也无法夺走这三百万日元。不过，烟山是故意让你们跟踪他的，你们一跟踪就无法找到大鹿的藏身处了。因为你们原本对

① 热海，日本静冈县东部的城市，后文中的静冈指静冈市。——编者注

大鹿的行踪最为执着，要是知道了他的藏身处，一定会发挥记者的本领，立即冲进他家，刨根问底地询问他的绯闻吧。但是，作案时间只能在晚上十一点三十分左右。因为叶子和岩矢天狗于十点四十七分到达京都，大概十一点半左右来岚山。烟山若是被你们缠上了，就错失了作案时机。因此，他必须抢先一步，背着你们把钱交给大鹿后签约，所以烟山换乘特快‘燕子号’，利用这一小时四十分钟的时差，往返于岚山大鹿的藏身处与京都站。而掩盖他真实目的的方法，就是事先准备好了大鹿去米原迎接他，在车上签约的计谋。不过呢，偏巧合同上的签名是工整的楷书，这种字体不是停车之时绝对写不出来。在米原停车时，恐怕没有签名的时间。因为大鹿找烟山需要时间，应该也需要时间说明、听取大致情况，不可能从一开始就拿出合同让大鹿签。可是，火车从米原出发后，到京都这段区间都不停车。我意识到这一点时，不禁笑了，是那种舒心的微笑。于是，基本上可以揭开事件的全貌了。第二个提示是上野光子给的，正如光子把公寓当作秘密基地一般，烟山也一定有此类基地。如此一来，就解开了第三个提示之谜。浑身是血的衣服就藏在他的秘密基地，抢来的三百万日元也在那里。烟山假装散步离开旅馆，他先赶往秘密基地，在那换好衣服后再奔赴岚山。或许他还带着替换的衣服。烟山一到画室，就趁着前来迎接的大鹿回头时，突然刺出一刀，接着又胡乱刺了几刀，之后他把脸和手上的血洗干净，抢走钱，换上衣服，便返回了秘密基地。在那里他又换回原来的衣服，带上之前买好的各种土特产，途中在新京极喝了一杯后便回到旅馆。审讯结束摆脱嫌疑后，烟山可能将三百万日元和浑身是血的衣服塞进那个空皮包，打算带回东京处理呢。”

居古井如此解释完，此时警察已到达了烟山在太秦[①]的隐匿处，这里曾是公寓。然后警察从户主不在的两间屋内，已经发现了沾满血迹的衣服、三百万日元及凶器，正等待着警部一行的到来。居古井警部莞尔一笑，指着预想到的物品，然后拍了拍二人的肩膀。

“这是送给你们的大礼，多亏了你们的提示。趁其他新闻记者还没来，你们赶快回分社，给东京总社打电话吧，然后火速写好你们的跟踪记。那么，再见了。”

他抿嘴一笑对二人耳语道：

“报社的红包和我们警察的红包，哪个分量更重呢？啊哈哈。”

居古井警部笑着把二人推出房间，低语说了声再见。

---

① 太秦，京都市右京区的地名。

阁楼的犯人

除夕沐浴

那日是除夕。寡居的轻松让妙庵医生睡到临近中午。他听到有人敲门，便起床去开门，来人说道：

“嗯，我来自伊势屋源兵卫家，今天烧了洗澡水，所以像往年一样带您过去。请您前往。”

“那么，今天伊势屋要大扫除吗？”

“是的，正是如此。往年的惯例是十二月十三号进行，但唯有今年特别忙，所以在除夕大扫除了。洗澡水马上就烧热了。”

“那可太辛苦了。正好我刚起床，赶紧吃口茶泡饭，去洗个晨浴。”

打发他回去后烧开水，妙庵医生用冷饭做成茶泡饭，吃完便赶往伊势屋。

在这个伊势屋，每年在大扫除之日都会烧一次洗澡水。到了那天，从檀那寺①领回代表月份的十二根寓意祝福的细竹，用它来打扫灰尘。使过的竹子用于压屋顶。哪怕在睡觉期间，伊势屋源兵卫家也要想着找出寻常之物，让它派上各种用场，大扫除当天即便要烧一年一度的洗澡水，也是烧些逐渐攒下的别无他用之物，例如五月端午节的粽叶或装饰盂兰盆节的莲叶等。

因为是这样的洗澡水，所以仅是家人洗完身体后，也不会倒掉。因为妙庵医生不会主动索要药费，所以患者便酌情送些礼物。于是，伊势屋每年提供一次洗澡水。物品的用途是无限

① 檀那寺，日本江户时代政府命僧侣掌管户籍，规定民众须挂籍于寺院，此寺院即称檀那寺。后来以此形成了寺檀制度，此制度在明治维新后废止。——编者注

的，发现这一事实的人可以免费地无限使用。

妙庵医生一到伊势屋，便发现店前的土间①里放着洗澡桶。源兵卫的母亲在烧锅炉。洗澡桶因为一年只用一次，所以平时都放在土窑仓库里。

“欢迎光临！现在我来看看洗澡水温度。”

“打扰您老人家了，心中实在惶恐不安。”

“昨晚休息前，从土窑仓库里拿出这个洗澡桶，今天早上天没亮就开始烧水，早了点，好像已经烧热了。似乎也有人烧柴赶紧加热洗澡水，但那样就没有了黑夜与白昼的概念。如果夜晚点火，过了中午便能很好地这般将洗澡水烧热。正好也可以烧掉那些占地方的物品，把洗澡水加热。”

“这就是您的待客之道吗？”

“这个木屐是我十八岁那年，嫁入这家时带来的，很耐穿。我已记不清木屐的齿是何时磨平的，不论下雨，还是下雪，我都会穿它，‘寿终正寝’还是太快了点，才穿了五十三年。我原本打算这双鞋穿一辈子的，真可惜啊。其中的一只被野狗叼了去，今日必须烧了剩下的这只。我做梦也没有想到一辈子要穿两双木屐，太丢人了。南无阿弥陀佛。”

---

① 土间，日式建筑专有名词，指地面铺土的建筑空间，类似于玄关。

她说完刚要把单只木屐扔到锅炉中，又有些迟疑。她再次将木屐拿到脸旁看得入神，重复了五次相同动作后，终于把木屐扔进锅中。

一年的药费用一次洗澡水冲抵，别说不够了，似乎还要倒贴不少钱。真是恐怖的洗澡水。浸泡在此，如果不能长寿，那就太不可思议了。妙庵医生战战兢兢地踏入澡盆，本以为会很烫，但却是温的。因为平时不泡澡，他似乎不了解洗澡水的温度。妙庵医生突然望向老人，恰在那时老人泪水扑簌簌地落在膝盖上。

“啊，时光过得真快，就像做梦一样。明天就是一周年‘忌日’了，真是太可惜了。”

妙庵医生仔细聆听，感到不可思议：

“就是说元旦有人过世了吗？”

“哎呀，不是的。您是听到了意想不到的慨叹，我就算抱怨，如果只是死了人，也不会如此唉声叹气的。去年元旦，妹妹来拜年，给了一包压岁钱。我太高兴了，就把它放在神龛上拜谢，可能是有人看到了吧，那天夜里就被人偷了。我祈求了诸多神灵，但是没起作用。有人说请山伏①祈福，七日内失物

① 山伏，指山中修行僧。

必会出现。于是我就立即拜访了山伏，结果却……”

她刚开口说个头儿，就哇的一声号啕大哭起来。她悲叹的样子有些异常，似乎有着复杂的原因。

“那可太可怜了。于是，您拜访山伏，发生什么了？”

“哎，世间还有比这更令人后悔的吗？”

老人含泪说给妙庵医生听。

神隐①

山伏听完老人的话，说道：

“好了。那么我为你祈福，先来这里！”

他把老人引到护摩坛②。点亮佛灯，关紧隔扇，白昼的光亮都被遮挡，声音也远去，寂静的深夜似乎来临。

“我说，老人家。山伏的祈祷，每祈祷一次就会掉三根汗毛和身上的一滴油脂，祈祷是在折寿。当祈祷次数累积，终会将汗毛和身上的油脂都消耗殆尽。那时，就会当场大叫一声，正如熊野的乌鸦吐血死去一样，定会七孔流血而亡。因此，当

① 神隐，古代日本人认为人去向不明、不容易找到、变得茫然自失，是天狗、隐匿之神等神灵用超自然力量作用的结果，故称这些现象为神隐。

② 护摩坛，亦称火坛，佛教修法所用之坛。在坛的四角立柱，桩头用绳子连起来作为结界，中央设火炉。

我念念有词地拨弄念珠，高声唱着真言密语的陀罗尼①，汗毛竖立祈祷之时，愿望就会实现。愿望达成后，七日内失物就会出现。那时，祭神驱邪幡也会自然地转动，佛灯也会自然地熄灭。那是大愿达成的前兆。好吧，你可仔细看好。”

如今也在山伏处举行火渡②活动，山伏踩过火，呼风乘云而行。既能治愈疾病，又能赶走妖魔。从前众人就相信并害怕山伏的这种法力。

和算卦先生不同，山伏不是告知失物在哪个方位，而是通过法力在七日之内找出失物，所以这个祈愿似乎很厉害，令人毛骨悚然。

山伏浑身抖动，拨弄念珠，他最后插上锡杖③，俯身祈祷，连恶魔似乎都被降服。

当粗野的祈祷仪式归于平静，发生了不可思议的现象。驱邪幡竟咕嘟咕嘟地转起来，佛灯微微闪烁，突然熄灭了。之后一片漆黑。虽说是大愿达成的前兆，但还是很恐怖。

“啊，谢谢！末世太不真实了。还有神佛，太可怕了，

---

① 陀罗尼，指浓缩教义精髓的语言，为具有使人记住教义真理获得修行能力的咒语。

② 火渡，指踩火。修行者一边念着咒文一边光着脚在燃烧着的火上行走的艰苦修行。

③ 锡杖，僧人、修行者所持的杖，顶部所装锡环上另佩有数个小环。

谢谢！”

老人说着解开钱包，恭敬地献上约定好的供奉神佛的一百二十文①钱，就回来了。不过，她无论怎么等待，消磨时光，失物还是没出现。别说七日了，即将迎来一周年“忌日”，但还是没出现。

雪上加霜

妙庵医生不仅了解民情，还略通古典，更通晓荷兰舶来的鉴定②之法。他听了老人的话后笑着说：

“真是赔了夫人又折兵。看起来是被山伏算计了。”

“不是，祭神驱邪幡自然转动，佛灯熄灭，这些不可思议的现象都是真的。”

“那是因为护摩坛有机关。最近称之为机关山伏。有些坏人在护摩坛上设置机关，呈现出怪异现象，来骗取钱财。您不知道松田播磨掾③的活动人形玩偶吗？不用人手触碰的白纸玩

---

① 文，日本旧时货币单位，明治初期废止使用。——编者注

② 鉴定，此处指通过详细调查研究笔迹、指纹、血迹等，分辨犯人与查明真相的侦查行为。

③ 松田播磨掾，生卒年不详，日本江户时代的人形玩偶戏表演者。——编者注

偶，就能跳土佐舞①，机关山伏就是利用了这个装置。在竖插着祭神驱邪幡的壶中放入活泥鳅。因为用锡杖敲打护摩坛，泥鳅就会受到惊吓而骚动起来，所以才使祭神驱邪幡转动。可能山伏用锡杖敲打护摩坛了。”

“他是敲了，但佛灯也并不能因此就熄灭啊。”

“那个嘛，是因为佛灯台使用了沙漏这一装置。沙漏有个小孔，在规定的时间，就会滴滴答答地漏出固定的油量。在用多少时间漏完全部油这个问题上，因为是钟表的装置，所以走得很准。山伏知道这个时间，因此他尽量在油即将滴尽之前祈祷完。您试着回想下，山伏在点亮佛灯前，无意中先摆弄佛灯台了吧。”

听到这些，老人的脸色都变了，转瞬立即恢复了血色，似乎颤抖着抽搐起来。

“那么，那一百二十文钱也被骗走了吗？”

老人啊地大喊一声，流出眼泪。她扯着嗓子哭喊：

“活到这把年纪，还不曾丢过一文钱，但今年真是雪上加霜吗？我要是把妹妹给的压岁钱放在身上小心行事的话，就没

① 土佐舞，指日本旧地方行政分区土佐国（今高知县）的民间传统舞蹈。跳舞者多手持响板，伴随节奏起舞。——编者注

什么事了。可我偏偏放在神龛上，因此被人看见了。太可惜了。如果这个除夕不能对这压岁钱祈愿，就没力气迎接明天的元旦了。”

老人不顾体面，肝肠寸断般哭喊着。因为在店中央的土间里放着澡桶，声音到处扩散，以至传到打扫阁楼蜘蛛网的小伙计那里。

“要是被怀疑就麻烦了。如果能偷走老太婆的私房钱，阎王的钱包也能轻松搞定。如果她迁怒于人，就会被怨恨和诅咒，这样会折寿。唉，神仙佛祖啊，保佑我远离仇敌，还我清白！”

小伙计向神佛抖擞精神，尽力扫落阁楼的灰尘，这时吧嗒一声从上面落下一个东西。他拿到手里一查验，心里想道：

“呀，是一包压岁钱。这是老太婆的。哎呀，太不可思议了。太感谢了。你个死老太婆，走着瞧！”小伙计握着压岁钱急忙来到老太婆的面前，拿出手中之物给她看。

“喂，怎么样？怀疑人也要有个限度吧。没被盗走的物品确实出现了。”

小伙计威风凛凛地向老人泄愤，但是老人见到这包压岁钱，非但没有屈服，脸反倒变得更加苍白且紧绷。

“这是在哪出现的？”

“从阁楼的大梁上掉下来，是老鼠弄上去的。”

“哼，我居住的房子是另一栋，从正房出现不是很奇怪吗？到了这把年纪，我还没听说过能跑那么远的老鼠。大概是黑头老鼠偷的吧。和这样的老鼠住在一起，那可不能大意。晚上也不能睡安稳觉了。”

老人敲着榻榻米大喊。被她这么一说，因为没有其他证据，大家也无从回答。

妙庵医生此时从澡盆出来。

“啊，洗得真舒服。关于那只老鼠，有这样的传说。据说人皇三十七代孝德天皇大化元年①的除夕，民众从大和国②的冈本都城迁到难波国的长柄丰崎，那时大和的老鼠也一起‘搬迁’过来了。老鼠也有代代相传的工具，像塞进孔里的旧棉花、藏在长披风后面的纸隔扇、不被猫发现的护身符、用于挡住黄鼠狼的尖桩、灭火的零碎板片、拉木鱼时的杠杆类等，诸如此类有很多。传说它们赶了两天路，嘴里叼着这些工具来到丰崎。老鼠这种动物出乎人的意料，它能远行。更何况老人家的房屋和正房之间的距离不值一提。世上常有类似这种老鼠所

① 人皇，指区别于神代的天皇统治时代。孝德天皇为神武天皇以后的天皇。大化为孝德天皇统治时期的年号，即公元645年至650年。

② 大和国，日本地方的旧国名之一，所辖范围为今奈良县全境，亦称大和、大国。

为的恶作剧。”

“任凭你口齿伶俐，我也再不会上当了。”

“我要是曾骗过您，实在抱歉。小伙计，你们家可能没有，你去邻居那借下年代记①。啊，谢谢。让我找找看，人皇三十七代孝德天皇大化元年十二月除夕。就是它。您看。老鼠搬家。这里有记载。”

“无论在相关书籍上出现什么内容，都是脱离现实的。如果不见实物，怎么能相信呢？”

因为老人不理会作为证据的年代记，妙庵医生也束手无策。

“在您繁忙之际，还长时间洗了那么令人舒服的澡。如此会更长寿吧。那么，告辞。”

妙庵正要起身离开，店主源兵卫追了上来。

“先生您太残忍了。那样惹我家的婆婆生气，却说自己会更长寿。”

“真是岂有此理。我并没有惹怒老人吧。”

“不是，当然有。因为你说了些机关山伏、泥鳅、沙漏等话。还让人拿来年代记，引起婆婆的关注，更是让她勃然大

① 年代记，指编年史，按年代顺序记述主要事件的史书。

怒。因此，你要收拾好这个烂摊子。我们这些没文化的人可做不了年代记的‘善后工作’。”

“这可太为难了。”

“不，是我们为难。”

“即便是‘善后工作’，但老人声称如果看不到实物，就不相信任何推断。就算想让她看到‘老鼠搬家’，可老鼠也不会答应啊。哎呀，等等。有了，也不是不能给你们看实物，不过要花钱。可伊势屋的人不可能干花钱的事，真是令人左右为难啊。哎呀，没办法。那么，我把实物带来，让老人满意，请稍等。”

因为没办法，妙庵医生就顺便拜访了驯鼠师藤兵卫。那时江户汤岛上有个名为长崎水右卫门的驯兽师。藤兵卫受雇于此人，使用过老鼠，他现在就住在上方。妙庵医生拜访了他。

“其实就是这么一回事。所以必须实地展示老鼠搬东西去远处的场面。因为担心那个老人会祈求神佛杀了大家，所以请助我一臂之力。”

“那很容易，我们赶快让老人息怒吧。”

藤兵卫爽快地答应，带着驯养的老鼠过来了。

情书信使

因为是除夕，来往行人络绎不绝，夜已渐深。妙庵好不容易返回伊势屋，此时大扫除已经结束，洗澡水也被倒掉，只等新年的到来。即便挂念的压岁钱失而复得，但因和黑头老鼠们住在一起，老人便无法入睡，而无端被怀疑的大家也无法心情愉悦地迎接新年。就在此时，藤兵卫带来了“博学”的老鼠，所以大家颇有重获新生之感。

“大家聚在这个角落里，不能随便说话。因为这只老鼠很有‘学问’，可能脾气有些大。把婆婆也叫来。”

全员到齐后，藤兵卫从笼子里取出老鼠，开始各种表演。

“请各位安静一下。在此给大家展示的是情书信使。坠入情网的年轻人思前想后，信中倾吐思慕之情，老鼠就是叼着情书的信使。表演成功的时候，请您鼓掌喝彩。”他说完便放好封存的信件，放开老鼠，只见老鼠叼着情书环顾前后，到处乱跑。绕座位转了一两圈之后，将信放入一个人的袖口。藤兵卫又抛出一文钱，说“去买年糕”，老鼠叼着一文钱去壁龛，爬到三方供案①上，放下一文钱，叼着年糕返回。

听闻老鼠会叼走东西，但大都是在暗处进行，并没有人见过。然而，如此公开表演后，老人也只好硬着头皮承认。妙庵医生跪着凑到跟前，说道：

“老人家，您彻底明白了吧。换位思考一下，老鼠这种动物，确实能嘴里叼着意想不到的巨大物品或者重物，卷着尾巴走很远的路。”

老婆婆勉强接受了，但马上严肃地抬起头。

“原来如此，看了这个表演，我知道了老鼠也能拖着压岁钱把它藏到正房的大梁上，但在正房大梁上养着有偷盗之心的老鼠，就得追究房东的责任了吧。”

“疑云消散不就好了吗？”

“简直岂有此理。让有偷盗之心的老鼠拖走这些钱，白白浪费了利息。必须让正房归还这些利息。年息按一成半计算，正好今天满一年，元旦哪怕过半个时辰，也要让他支付第二年的利息。”

老人的脸色再次变化，一下子变得发青，伊势屋也无法与之抗衡。要想终止婆婆的叫喊声，要么交给她利息，要么就杀

① 三方供案，日本一种用作供神祭品或举行仪式用的台案。

死她，只能二选一。因为如果婆婆死了定会变成鬼出来，变本加厉地索要利息，所以无论如何都要支付利息。于是趁着还没到元旦，店主源兵卫哭着付给了婆婆利息。

“那就签字画押吧！”

老人借来纸和砚台，写下收据按上手印，恭恭敬敬地交换利息。

“这样总算能过上真正的新年了。”

老人满意地掸去膝盖的灰尘，站起来，据说回到自己屋后便酣睡了起来。

金表杀人事件

消失的男人

“这儿的女主人是什么人呢？”

经过这家门前的时候，波川巡查①偶尔会习惯性地那么想。板壁围着的小屋内，住着一个年轻女子，是出了名的大

① 巡查，通指警官、警察、巡警，也可指警察中最低的警衔。

美女。

在警察的户口调查的名单上，写着“比留目奈奈子，二十八岁，职业钢琴家”，很少见的名字。难怪很少听见钢琴声，因为类似牧羊犬的猛犬经常狂吠，不过周围的人都知道她。

今日，牧羊犬也在狂吠。此时，听到女人尖细的声音。

“你说什么？包裹……不知道啊……恐吓吗？”

波川巡查不由得站住。只能听到时断时续的声音，但听到的部分总让人觉得不安心。女人的语气也非同小可，似乎气势汹汹。

男人的声音听起来似乎在啰里啰唆地回答着什么，因为有些低沉，完全听不清。好像是在玄关附近接待对方。又传来女人的声音了。

“我说过不知道。什么？想找碴儿？我报警啦！”

刚听到这个声音，在门外的波川巡查无意识地打开嘎啦嘎啦作响的大门，冒冒失失地走了进去。他心想在这里独居的女住户一定会感到高兴吧。

但是，情况有些奇怪。正门的土间里有两个男人。

女住户奈奈子从室内俯视着二人，呈现对峙的局面，因为身穿警服的巡查闯入，同时回头看的三人中，反倒是奈奈子最为狼狈。

“您有什么事吗？”

她气喘吁吁地严厉问道。

“路过时听到有人说要报警，就不由得冲进来了，有什么可以帮助您的吗？”

“不用了，没什么事。和自己人非常亲密地开玩笑呢。”

“是吗？可我听起来不像开玩笑……”

波川巡查观察这两个男人。一个是体格健硕、花花公子模样的年轻男人，西装很高级，应该是花了很多钱。另外一个男人看似虚弱，戴着眼镜，知识分子模样，他好像很冷，把双手插进大衣兜里。土间的地面上放着皮质的波士顿手提包①。就强行推销的人而言，两人的服装还不错。

“没什么事，您请回吧。”

让奈奈子这么一说，波川也不能再待在这里了，所以观察被迫中断，不得已离开了。

“总觉得是个奇怪的人员构成。说是亲近的自己人，但似乎不像。那个波士顿手提包里装的是什么呢？让人总是有些在意啊。”

波川巡查今年四十五岁，是个出人头地的有名怪人。他突

① 波士顿手提包，底为长方形，中间鼓起来的旅行用的手提式包。相传因美国波士顿大学的学生发明并使用而得名。——编者注

然想起早就练就的第六感。

“对啊，这就是第六感啊。”

从前面一条街的杂货铺甬道转弯，就是波川巡查的家。他往家走时，期待着回家后洗个澡吃晚饭，但此时哪里还顾得上这些。好，变装后追踪。他急忙跑进自己家。

“赶快给我拿西服和大衣！稍后再准备晚饭。喂，百合子，你也准备外出，去追踪奇怪的家伙！”

波川的女儿百合子是女警。因为恰巧歇班在家，就让她穿上西装，与自己扮成同一事务所工作的下班后走在回家路上的男女情侣。急忙折回后，所幸那两人似乎还待在那里。狗在不断地汪汪大叫。感觉两人已经进入奈奈子家中。

“如果进入室内，就不是奇怪的来客了吧？”

“或许是吧。但才刚开始，我们仔细观察吧。”

他们埋伏在隐蔽处，不久这两个男人出现在门外，那个花花公子模样的人提着那个波士顿手提包。

两人走向电车通行方向相反的偏僻处。

“如果去往那个方向，在步行能到达的地方应该有住处吧。我们去一探究竟吧。”

“好的，走吧。”

与两人大约间隔三十间的距离，开始跟在后面。父女俩随意聊着天，俨然就像无忧无虑的行人跟在后面，但似乎情况有些不妙。

两人总是走个不停。终于经过世田谷区域，进入涉谷区。在此即将到达山冈，这里是豪宅区，房屋因战火大都被损毁。两人越过此山冈，去往涉谷的繁华街方向。

上班人如果在世田谷下电车，步行回家去往涉谷区，确实有些奇怪。要回家到这边，就必须在其他车站下车。波川父女二人心想糟了，面面相觑。

“或许被他们察觉了吧。不过，这两个家伙不坐电车而走这么远，很可疑啊。因为他们很可能会突然兵分两路逃跑，那时我们就执着地追手提波士顿手提包的人吧。”

“带手枪了吗？”

“带了。”

终于靠近山冈的豪宅区。一个房子大到几千坪①，其中也有超过一万坪的豪宅。高高的石墙蜿蜒曲折，这里白天也几乎没有行人来往，很是冷清。石墙和庭院的树木都维持着过去的样子，但石墙中的房屋多被烧毁，已消失得无影无踪。

两个男人沿着石墙拐弯。突然砰的一声，地面发出声响。

---

① 坪，日本土地或建筑物的面积计量单位，1坪约为3.3平方米。

“喂！”

巡查父女拼命跑。连自己都对拙劣的追踪技术感到难为情，因为距离有些被拉远，终归是运气不好。总算出了拐角，花花公子模样的男人正让知识分子模样的男人搭在自己肩膀上，把他推到高墙之上。父女刚确认两人，知识分子模样的男人就消失在墙内侧。

“举起手！我们是警察。”

留下的男人没有逃跑的迹象，他似乎若无其事地举起手。

“什么事？我不是可疑之人。”

“波士顿手提包呢？”

“我没拿那东西。”

起先砰的一声的地面响声，就是其把波士顿手提包扔进石墙内侧的声音。波川巡查意识到这点后，想着是该抓住眼前的男人，还是该追捕跳进石墙内逃跑的男人。他不由得抬头望向高高的石墙，心想那个人可真走运。

突然，波川的手腕被击中了，在他忍受着火烧般疼痛之时，手中的手枪也因走火掉到地上。他突然胸口受到击打，跌倒在地。与此同时，百合子脸部也受击打，整个人迅速倒地。

百合子忍着疼痛，用眼睛看着传来逃跑之人脚步声的方向。男人突然拐进石墙反方向的小路，消失不见。

那之后大约两分钟后，听闻枪声跑过来的巡警救起了百合子。听完情况的巡警说：“是吗？那么寻找这个墙内的男子才是捷径啊。如此说来，宅子中有可怕的多伯曼犬和牧羊犬。只要那些狗被放养在院内，那个男人就会吓得半死。没听见那样的动静吗？”

然而，手枪走火掉到地上后，附近的狗都汪汪叫起来。被那么一吼，四邻远近处的狗都跟着狂吠起来。在此状态下，不能特别注意到一只狗的声音。

“因为才八点，拜托主人让我们进屋内调查吧。这是一个陈姓中国人的家，所以或许有些麻烦。”

绕到正门，拜托对方引路。有间门卫的小屋，一个中年日本女佣出来。在她和里面的户主联系后，出人意料地被允许简单地搜查院内，果然入口处有可怕的多伯曼犬和牧羊犬，刚踏进一步，就以要猛扑上来的架势瞪着访客。

“能把那些狗拴上吗？”

“好的，现在就拴。”

“一直是放养的吗？”

“是的，是放养的。天一黑，每晚都不拴它们的绳。”

“那么，那个家伙会被咬吧。”

但是，搜遍了整个庭院，还是没看见那个男人的踪影，也没有和狗格斗的痕迹。只有跳下墙的地方，明显看起来有些凌乱。

“哎，这是怎么回事啊？”

百合子用手电筒一丝不苟地到处搜查，在男人跳下来的地方的树根处，她发现了一个发光之物，便将其捡起。

“是金表啊。是女人戴的金壳小坤表。男人也会戴金壳小坤表吗？”

满是怪异疑团的拾得之物。

被杀害的奈奈子

翌日，歇班的波川巡查忍着胸口被击打的疼痛，睡到了午后。就在这时，他被飞一般赶回家的百合子叫醒。

“不好啦。比留目奈奈子被杀害了。是昨晚被杀的。那两个人是凶手。”

波川忘记疼痛，跳了起来。

百合子是下颚被打，嘴唇开裂，下巴肿起，美女警察也是一副惨相。她不想被别人看到这副模样，想要休息，但因为有昨晚的报告，她去警署一看，获悉奈奈子遇害被发现之事。

“因为只有爸爸您看到了凶手的脸，说是让您马上过去。”

“那两个人一定是凶手吗？”

“似乎有确凿证据哟。此外，好像还了解到很多重大之事。据说被杀害的奈奈子似乎是令人意想不到的大人物。她就是黑社会的神秘女头目南京小姐①。”

“真的吗？”

波川胸口的疼痛一下就消散了，他急忙穿上衣服。

那时，以东京、横滨为主，出现了大批贩卖金壳小坤表的走私犯。此人为非同一般的绝世美女。不知她会出现在哪个秘密指定的场所，随便从包里取出大量金壳小坤表，换成钱后消失。她身边有两个年轻的保镖，这两人在交易结束前手指扣住手枪扳机高度戒备。她有时也走私毒品。不知是何方神圣，但在同伙中被称为“南京小姐”。当局总算成功将她列入间谍名单，追查到南京小姐的存在，但是别说走私路线了，就连南京小姐的住址和名字都不清楚。

不过，从被杀害的奈奈子的遗体旁，发现了众多解开南京小姐之谜的重要物品。

奈奈子是手臂上注射了毒品被杀害的。她身穿和服，没有丝毫凌乱，熟睡般安详死去。如果没有失窃物，反倒可以认为

① 南京小姐，日语中金壳小坤表一词写作“南京虫”，故由此得名。

是自杀。

但是，查验奈奈子尸体的法医吃惊得不禁发出声来。不论是奈奈子的胳膊，还是胯下，都有无数个注射痕迹，肌肉已经变硬。看来是惯用毒品。从壁橱中发现了可以证实她长期吸毒的大量吗啡安瓿①。

大概可以推测：两个犯人声称给奈奈子注射毒品，却注射了毒性更猛烈的毒品。但波川巡查怀疑这一推测。

“的确奈奈子说了两个男人是自己人，但是从在门口互瞪争吵的气势汹汹架势来看，有些难以想象让男人给她注射，甚至都不可能在男人眼前自己注射。”

然而，从奈奈子的小屋中发现的各种物品都很令人意外，也说明了重要事实。壁橱中有一些外国产的果汁罐头，还有一个空罐儿，但那个空罐儿里似乎没有留存装有果汁的痕迹和味道。

但是有巨大的铁皮罐，似乎邮寄过来时用它装了很多罐头，从壁橱发现的罐头数不足铁皮罐内的三分之一，而不够的那部分没能在奈奈子家中发现。

更意外的是，发现了类似这些罐头货物的包装纸，那表明

① 安瓿，指密封注射用药液等的玻璃容器，能以无菌和洁净的状态保存内装药物。

是从中国香港空运到羽田机场，寄给奈奈子的。而且确实有能证明从香港发货的证据，似乎是用于包装货物的香港发行的报纸，这些报纸很多都被塞进壁橱里。

还有更令人意外的事。桌子的抽屉里、针线盒里，甚至连笔盒里都随意地放着共计五十三只金壳小坤表。

奈奈子的手提包被乱翻一通，扔在尸体旁，包中还留有一只被翻乱的金壳小坤表。大概是凶手只盗取了包中的金壳小坤表，之后离开。

“如此说来，比留目奈奈子就是南京小姐吗？怪不得连遗容都那么美，不禁让人浑身发抖地想抱住她。

“那是说从香港空运过来的罐头中大约三分之一是真的果汁，其他三分之二是金壳小坤表吗？

“那么就能解开凶手拎波士顿手提包之谜了。”

于是，以羽田海关为开端，扩展到对相关各分局的配送员等展开调查，发现该货物送抵奈奈子处是当日上午。但是，获悉此前也有类似情况，大约从四个月前开始，共计五次从香港运来同样的货物。

但是，波川巡查总觉得还有未解之事。

“自己不由得站住时，奈奈子这样喊叫着：‘包裹……不知道啊……恐吓吗？’——大体是这个意思吧。

“也就是说，犯人知道金壳小坤表到货而过来取，但她却骗对方说那些包裹还没到。这才是奈奈子被杀的根本原因。”

被这么一说，似乎很合乎逻辑。但是，波川总觉得无法证明，似乎哪里有些不对，这种想法在他的脑海里挥之不去。于是，出现了似乎能大体证明的事情——也并非就得否定这种直觉。

看到凶手的是波川父女，在二人的印象基础上制作了合成照片。因为只有波川巡查一人看到了知识分子模样的眼镜男，所以难以令人相信，但对花花公子模样的年轻人，两人都有印象，以至两人都断言绘制成的肖像画很像。

大约半年前还是奈奈子丈夫的胜，他是一个实业家，看到这张肖像画说：

“说到这个男人，我在奈奈子处见他出入过三四次。”

“伙伴也在一起吧？”

“没有，我经常看到这个男人独自前来。”

“因为什么事出入呢？”

“说真的，就是因为了解到那件事，我才逐渐想和奈奈子分开的，这个男人是过来给奈奈子推销吗啡的。因为吗啡是‘救命稻草’，可以说奈奈子没这个男人就不能活。”

“那么说，是情夫吧。”

“不是，至少我还是她丈夫那会儿，这个男人似乎还不是她的情夫。说没这个男人，奈奈子就不能活的意思是，吗啡是奈奈子的‘救命稻草’。且据我所知，两人关系似乎仅是纯粹的商业交易。”

“奈奈子小姐的生活费大约是多少钱呢？”

“我给的定额是每月五万日元，再加上杂七杂八的或许有七八万日元吧。奈奈子因为吗啡的费用，她连女佣都省了，总是囊空如洗。”

因为这一证词，让之前的推测都变得不可靠了。身为南京小姐，不应该那么拮据。预测她之前赚的钱可能高达一亿日元以上。

当然，因为南京小姐出现在走私事件中，只有大约五个月，又是在和胜分手后，如今也是除了壁橱中的果汁罐头和吗啡安瓿，没一件像样的东西。连被称为美女命根子的衣物都没有，似乎身穿的和服是其仅有的一件衣服。好像连钢琴都被卖掉，不见踪影。令人难以相信南京小姐虽走私毒品，却因为毒品卖光所拥有的物品，一贫如洗。

“似乎爸爸您的直觉是对的，我认为此事件隐藏着尚未浮出水面的内幕。”

被百合子这么一说，波川有些难为情。

“我也没有自信自己凭着直觉能猜中啊。只是觉得哪里有些不对劲，却又不知道哪里不对劲。”

“哪里不对劲呢？我说说看吧。”

“嗯。”

“跑进陈先生宅子中的凶手，为何没被猛犬袭击？这是个谜。我试着调查了陈家的多伯曼犬和牧羊犬。它们在警犬训练所训练超过一年，都非常优秀。除此之外，室内也饲养着波士顿梗犬和拳师犬这种小型猛犬。那种可怕的地方，不知道的人连一步都无法跨进。”

“因为院子很大，在一个角落发生的事情，在其他角落的狗注意不到吧。”

“或者，可能是那样的……”

百合子不久愉快地喊道：

“我，总之要猜猜看。我的直觉也似乎不能帮我了解事情真相，但总觉得不能对此弃置不顾。我这就冲进陈家看看。”

百合子脸上似乎也已消肿，重现出昔日那张柔弱可爱的脸。

美女与佳人

虽然百合子身着女孩的普通西装前往，但并没有隐瞒其女警的身份。

“前几天晚上，某事件的嫌疑人逃入这个宅子后下落不明，我前来拜访，希望您能提点建议，不胜感激。希望能让我见见宅子的主人。”

“老爷因为商务正在中国台湾旅行。”

“那代理人呢？”

“小姐在，但不知道是否会见你。”

“没有其他家人在吗？”

“夫人也不在，少爷也不在。目前只有狗。”

“拜托一定让我见见小姐。”

“虽然非常讨厌巡查之类的人，好吧，因为是女人，就帮你传达吧。”

令人意外地轻松获得许可，百合子被带进府内。这家也曾被战火烧毁，陈先生借用这块土地，建造了素雅的洋楼。房间约为十间，比起院子，房子没有那么大。

百合子被带到大厅，她看到现身的陈小姐，其美貌不禁让人屏住呼吸。不由得突然感到脸红，她生硬地操着一口不太擅长的英语。

“突然拜访，实在不好意思。我是女警……”

刚说到一半，小姐微笑着说：

“用日语说吧。我日语和日本人一样好，因为在日本长大。你，真是女警吗？”

“是的，我是。”

“哎呀，可爱的女警，你抓过男性犯人吗？”

“没有，还没抓过。”

“你担心他会独自来到猛犬转来转去的中国人的宅院中吧？”

“是的，所以见到小姐后会感到头昏眼花。”

“你可真会说话。我能回答之事，我都告诉你。请说正事。”

“前些天夜里，有个嫌疑人逃进您家后就下落不明了，那时院子里多伯曼犬和牧羊犬应该是放养的，我不清楚它们放过闯入者的理由。”

这家小姐看上去同意似的点头。

“那的确很不可思议。但是，狗既没有不了解它们的人们幻想得那么聪明，也没有那么敏锐。这是饲养主的感想。”

“如果是出入这家的男性，狗会放过闯入者吗？”

“如果和狗特别亲近的话……但是，说到能亲近到狗能放过他的男性，或许除了父亲之外就没有了吧。”

“令尊目前不在日本吗？”

“不在。他已经去中国台湾半年了。但这乱世之中，似乎国际人士大都‘神出鬼没’。说不定趁我不知道之时，他已经回到了日本。如果父亲是那个闯入者，年龄应在六十岁左右，银发，身高五尺五寸左右，是个温柔的男人。”

“嫌疑人的年龄三十岁左右，身高不到五尺三寸。”

“那就不是父亲啦。身高暂且不论，但年龄不能造假。”

“那晚，您没注意到府内有闯入者的迹象吗？”

“在你们到处搜查院子前，似乎并未注意到。因为那时我在埋头读书。”

“我们起身离开之后呢？”

“不清楚，应该也没有吧。”

百合子的提问到此结束。向如此清秀可爱的小姐问来路不明的凶手，问再多也是徒劳。

不过，她最后又鼓起巨大的勇气大胆发问。

“问这样的问题，或许您会觉得太不礼貌，刚才您提到乱世，看在乱世的份上，请您原谅我的冒昧。事实上，逃入府内的嫌疑人是贩卖走私品的疑犯。说到走私品，作为常识，在交到日本人手里之前，会首先想到外国人。我之所以拜访您家，也是因为对此线索有所期待。虽然见到小姐后已不抱希望，但为了慎重起见，请允许我提问。老实说，您父亲没参与走私品买卖吧？”

坦率也要有个限度。换作他人反倒不会这么说了，但因为是让人极度有好感的小姐，反倒让人适应了，除了如此明确表达外，别无他法。

小姐惊慌失措，不停地眨眼睛，温柔地注视着百合子。

“即便真是如此，谁也不可能承认啊。我说你，哎呀，为何突然提出胆大包天的问题呢？”

“那是因为您刚才说的话。您说因为乱世，国际人士都‘神出鬼没’。”

“可够敏锐的，日本女警。”

“那么，果真是那样吗？哎呀，抱歉。”

“不需要道歉呀。在此乱世中来他国赚钱的国际人士，或许总归只能做那种生意吧。所以，也许你的直觉是对的，但是走私品也分三六九等。或许还有类似政府或其他势力暗中鼓励的走私。”

“抱歉。”

“没关系啦。那么，如果父亲确实在走私，之后会怎样呢?”

“好了，就这样吧。”

百合子捂着嘴，忍住想说的话站了起来。

“或许我还会来问些奇怪的问题，您会见我吗?”

“当然，当然。欢迎常来。不仅限公干时，好吧?”

“谢谢。”

百合子一边感到很兴奋，一边自顾自地跑出门外。

当她开始走向涉谷站方向时，后面有人叫住了她。是父亲。

“因为担心，就悄悄地过来看看。情况如何?”

“回家说吧。”

百合子拉着父亲的手，像孩子在郊游般大幅摆动，面红耳赤地走着。

父亲的推理

回到家后，百合子向父亲说明了在陈家的情形。

父亲很意外的样子，听完百合子的话，突然落寞地说:

“女人就是这样啊。”

“为——什么这样说？”

“是说即便像你这样稳健的人，一旦头脑发呆，就会变成那样吧。不过，你应该是下了很大决心去的。你从为何猛犬没有袭击闯入者这个很棒的疑问开始的吧。”

“什么很棒的疑问，爸爸您是在开玩笑吧。你明明说过如果闯入者跳到狗的反方向位置，因为宅院宽敞，或许狗也注意不到。”

“我是那么说过。不过，之后我才意识到，似乎你的疑问最贴近要害。”

“莫如说最偏离要害吧。太过貌似合理，就越担心让人忘记偶然这一重要现实。”

父亲难过地摇头。

“我是担心你的人身安全，在你离开陈家之前，不是为了此事件，是为了你的人身安全，我又思考了此事件。因此，我发现了至今受限而没注意到的可怕之事。听完你的话，我更加坚信了。喂，走吧，去弄清我坚信不疑的推断。”

“去哪里？”

“放心吧，不是去陈家，而是去警察局。然后有东西给你看。”

父女俩去了警察局。而后父亲把女儿带到此事件的证物之前。

“此处有五十五只金壳小坤表。五十四只是在奈奈子家中发现的，一只是在陈宅内凶手跳下的地方捡到的。你知道是哪只吧。”

“知道啊。就那只有表链的。”

“对。”

接着父亲拿出被害人的现场照片，展示给女儿看。

“看这张照片，你没注意到什么吗？”

那是安详死去的奈奈子的上半身。因为她被注射后死去，左臂到靠肩位置衣袖被卷起，除此之外并无异样。

“似乎没有特别令人注意之处。”

“那么，接下来，看这个。”

父亲打开证人证词的封存文件，找到一处。

“你读读这里。”

那是附近钟表商的证词。据此得知当日午后，奈奈子来此卖了一只金壳小坤表。她用卖表的钱买了表链回去。钟表商说因为她卖了表，反倒添置了表链这一无用之物，对买回表链这一行为感到很奇怪。

“是啊，钟表商感到不可思议。”

“你不觉得不可思议吗？”

“不过，因为她没有表链才买的吧。”

“当然。那个表链，你看，不是和金壳小坤表一起，戴在被注射的奈奈子的左臂上吗？”

“是啊。”

“如此说来，这儿的金壳小坤表是？”

父亲那样说着，手捏在陈宅内拾到的金壳小坤表的表链，来回摇晃给她看。百合子的脸色逐渐苍白。她不禁用力抓住桌边。

“所以，我在说怎么回事呢。”

“别意气用事！”

父亲把带表链的金壳小坤表放回原处。在奈奈子家中发现的五十四只表没有表链。

“你的直觉很准。我记得那晚在陈家院子里拾到这只表时，你小声说过的话。你嘟囔着男人戴金壳小坤表很奇怪啊。当然，翌日奈奈子的尸体被发现，室内发现了大量金壳小坤表。为此，在陈宅内拾到的金壳小坤表的特殊性立即被淡化，谁都会轻易认为：凶手走过之处自然会掉一两只金壳小坤表。当然，我也如此。终于，时至今日，我才发现只有那只拾到的金壳小坤表是带表链的。”

百合子焦躁地喊道：

“所以，我在说是怎么回事。”

父亲神情紧绷。

“这可不像警官的态度啊。所以，自不必说——你，不是很清楚吗？逃入陈家院内的人定是女扮男装。凶手遗失的不是盗窃来的金壳小坤表，而是她自己的携带物品，是她手腕上戴的金壳小坤表。因为奈奈子的金壳小坤表还好好地戴在她的手腕上，除此以外难以想象。”

“大富翁的千金，不需要杀人盗窃物品吧。”

“我也考虑过了。但是，因为你如此被陈小姐的美貌所迷惑，我才从中得到了启发。南京小姐不就是绝世美女吗？怎么样？所以，你开始有些明白了吧。”

“我不明白啊。”

“好了，好了。谜底即将揭晓。总之，因为只有我看到了逃入那个宅子中男人的脸。不管他再怎么乱涂发黑的油彩，戴上眼镜，只要我看到对方的脸就知道了。”

南京小姐的坦白

波川巡查只和女儿说了自己的推断，还未向其他人坦率说出。对阅历丰富的过来人开诚布公，就需要有重大事件，如果预先估计对了，就是一生一世的巨大成功。于他而言，这是出生以来的大事件，他越想越内心澎湃。波川巡查抑制激动的心情，无意识地在警署内踱步，拼命地推敲作战计划。

在那间隙，他没注意到女儿去哪了。

百合子不知何时溜出警署，已经在陈家的玄关处与小姐对坐。她是一半清醒一半迷茫的状态来到此处的。

小姐也脸色苍白。不过，百合子说完父亲的推理后，她静静地拉着百合子的手，紧紧握住。

“谢谢。百合子小姐。我很高兴。即便是我母亲，也没像百合子小姐那样安慰我。”

因为小姐含着泪，百合子也噙着泪水。

“那么，果真如此吗？”

“哎呀，明明是很清楚事实才跑来的。南京小姐确实是我，且杀害奈奈子小姐的共犯也的确是我。我父亲不在台湾，而是在香港。并且，他把金壳小坤表和毒品运送到日本。因为走私路线逐渐被识破，变得很麻烦，所以就想出了新方法。那就是找出毒品使用者，以毒品为诱饵，把他们装扮成走私货物的临时接收人。奈奈子小姐就曾是那些接收人之一。然而，那天她偷偷打开货物，知道了里面的东西，利令智昏后竟否认收到货物。不久，她的毒品用尽，我的同伴有时为了她能为我们做事，而给她注射毒品，他因为奈奈子小姐的变心，过于担心新的走私路线被人发觉，就在奈奈子小姐不自知的情况下，给她注射了大量毒品而将她杀害。”

小姐已经恢复了平静，而后甚至带着微笑继续说：

“我为父亲的搭档工作，手握几亿日元，但是父亲下次回到日本，我打算杀了父亲。因为身处乱世，我也下了狠心。我想要赚钱后复仇。想对折磨我的人、没有折磨我的人，特别是必须对父亲复仇。因为他不是我的父亲，他是我的丈夫。我是他用钱买来的未登记结婚的妻子之一，且我是日本人。”

小姐强有力地握紧百合子的手站起来，而后笑了起来。

“请允许我将我的日本名字和身世，和我一起埋进坟墓。我这就写和现在所述同样内容的自白书，然后去死，但我唯独不想写我是日本人、是他的妻子。我的自尊不允许。我只和你说了实情，如果我连你都欺骗，或许就无法承受死后的寂寞。”

小姐抛下不知所措的百合子，以静静的脚步声，走在去往自己房间的楼梯上。

选举杀人事件

三高木材厂的门口处张贴着“选举期间停业”的通知。也许作为候选人的老板贴张通知就觉得完事了，但却苦了员工。附近有传言说：“算上小伙计之类的员工，也有七八个呢。因为大家都全力投入到选举活动中，即便工厂停业也忙得不可开交。”老板三高吉太郎这个人，是战后来到这座城市的，他靠制造电冰箱发家。如今他招来木匠制作木质家具类产品，在这一带很会赚钱。但是，邻居却议论他此次参选是白费力气。

如果当选众议院议员，也许会很赚钱，但仅是候选人，就不可能赚到钱。或许这是他宣传自家商铺的手段，但对于制造电冰箱和衣橱这样的生意，可能起不到作用。

“总之，他是个政治狂热者吧。”

任何人都会这么想，但事实似乎并非如此。

寒吉就住在这附近，无意间听到这个传闻，报社记者的直觉告诉他或许其中另有隐情。

然而，像三高吉太郎这般名不见经传且无权无势的候选人，又会有什么内幕呢？有候选人为了分散他人的选票而参选，但是既然要争夺他人的选票，必须要有相应的影响力和实力。而三高吉太郎却不具备上述条件。或许他最多获得一百票就很不错了。

“但是，人不做无理由之事。即便他是个疯子。”

寒吉灵光一闪，想起某本心理学书上如此写道。

“会不会是法西斯？”

大街小巷里难免存在着道貌岸然的忧国之士。有时直到他演讲，周围人才会意识到他的存在，就好像直到隔壁的疯子发作才会被人发现一样。

不过，恰巧下班途中，寒吉在车站前听到他的演讲，感到确实很稀奇古怪。

“鄙人是此次参选的三高吉太郎，三高吉太郎。（前后左右问候）请仔——细看清这张脸。这就是三高吉太郎。（有人说他是美男子）不，我不是美男子。（有人说不要谦虚）我很了解自己，长相和头脑都是个粗人才有的。（人们哈哈大笑）即便鄙人当选众议院议员，日本的政局也不会发生变化。（有人说那是当然。人们笑得更起劲）鄙人反对重整军备，日本如果重整军备，国将不复。首先保证国民的生活稳定……”总之，就是竭尽阐明报纸上最经常被人看到的反对重新军备要旨。没有任何新意，也不过激。而且，口才极不出众。

“为什么参选呢？”

寒吉实在费解，于是他想直接问问本人。这就是报社记者的坏习惯。即使直接问本人，也不可能听到真心话。更何况如果内有隐情，非但不会说出心里话，更担心对方玩弄骗术而使自己陷入圈套。要知道真心话就得用迂回的方式。虽然深知这些，但记者的本能还是驱使他想稍稍见见当事人。

寒吉在夜里拜访了三高木材厂。一位四十岁上下、面相不善的男人前来开门。他接过寒吉的名片。

“哦，报社记者？居然是报社记者？啊哈哈。报纸？啊哈哈，啊哈哈哈哈哈。”

他那疯狂的笑声似乎停不下来。那笑声指引着寒吉，即使在里屋向主人介绍完寒吉，笑声也没能结束。三高厌恶地皱着眉，但并没有制止这笑声。看起来他在选举期间凡事都要特别忍耐。

“我过来问问您参选的感想。”

“您尽管问。”虽然三高如候选人般面面俱到，但的确很外行。正因如此，印象还不错。

“您是初次参选吗？”

“是的。”

“为什么之前没参选呢？”

“这个嘛，总之，这是鄙人的爱好。鄙人赚了不少钱，那才是参选的本源。或许从政是有钱人的爱好。邻居们都为我担心，但恕我直言，因为是爱好，所以没关系。请不要顾及我，让鄙人达成夙愿。”

“您说的夙愿是？”

“爱好。满足爱好。”

“请问，您平时就有自称‘鄙人’的习惯吗？”三高似乎吃了一惊，转眼间脸红了起来。

“抱歉，平时自称‘我’……”傻笑的男人在房间角落听罢，这次更是窃笑起来，因此寒吉觉得三高有些可怜。

“您作为无党派人士参选，会支持哪个政党呢？”

“自由党吧。思想大体相同。不过，他们应该更体恤中小工商业者。那是鄙人极其不满之处，也是鄙人的主张所在……”

因为变成了演讲口吻，寒吉为了岔开话题大声提问。

“您崇拜的人是？”

“崇拜的人？”

“或者说崇拜的前辈，政坛的前辈？”

“没有崇拜的前辈。鄙人特立独行，一贯如此。”三高用力说道。他身旁摆着芥川龙之介的小说集。这书和他完全不搭。

“那本书是谁在读？”

“这本吗？啊，这是鄙人读的书。”

三高说完又从膝盖下方拿出两三本书给寒吉看，是太宰治的书。

“有趣吗？”

“有趣，令人发笑。”

“很好笑吗？”

“当然好笑。这类书有些难懂。”

他说着，又取出一本岩波文库本①。寒吉接过来一看是北

① 文库本，指日本一种廉价且便于携带的小开本图书。此处岩波指日本出版社岩波书店。岩波书店出版的文库本的总称为岩波文库。——编者注

村透谷①的。

“您的学历是?”

“初中辍学。鄙人经常读书。但近些年没读。”

“您不是在读吗?”

他没有回答。似乎有些疲惫。

“您认为自己能得多少票?”

寒吉问道，但三高闪现出忧郁的眼神，转而避开了，也没有回答此问题。这忧郁的眼神似乎能让人窥探到他的真心。

“这是真心的。”

寒吉记住了这个眼神。三高其他的话语，都是演戏之词。就如“鄙人”这一勉强又令人拘谨的用词一般。

“总之，有内幕。”寒吉下定决心要找出真相。

★

又到了休息日，寒吉从早晨就严阵以待，尾随三高吉太郎的卡车。他打算仔细看清三高在何地做何事，于是央求部长借了社里的一辆汽车。在何地做何事?见了何人?发生了何事?他的想法遭到部长嘲笑。

---

① 北村透谷（1868—1894），诗人、评论家，浪漫主义运动的先驱，自杀身亡。

“你说有内幕，那预计能发生什么事？”

“例如走私，或是国际间谍……”

“喂，寒吉君，选举特别引人注目。有人在监视，看他是否有违反选举的行为。那个监视并非只能看到违反选举的行为。你认为有罪犯故意利用这种监视严密的选举实施犯罪吗？不过嘛，既然你胸怀大志，就做做看吧，也是一种学习。”

部长出于照顾把车借给寒吉。如果没有任何发现，他就无颜见同事了。

三高的卡车驶入红线区域①，他在红灯区的十字路口开始演讲。“太好了！”寒吉内心雀跃。

对着妓女演讲根本就是白费力气。大体而言，这些人流动性强，且很多人没有迁出证明，大多没有选举权。即便拥有选举权，也不可能专程来投票。如果她们来投票，也大多会投给当地的大人物，所以预计选票会集中在这些人身上。如果候选人和大人物没有关系，即便在此演讲，也是徒劳。即便是再外行的候选人，这点常识还是应该知道的。

“为什么在此演讲呢？”

背后必有缘由。寒吉隐藏好汽车靠近他，一探究竟。

---

① 红线区域，在日本以卖淫为目的的特殊饮食店集中的地域，因在警方的地图上用红线标出而得名。1957 年因《防止卖淫法》的实施而废除此名。

三高如往常一般先向四周致意，他从反对重整军备论说起。近来的行情决定了在红线区域的顾客中外国士兵最受优待。因为战争才有的当吉普女郎这个赚钱行当，即使对她们主张反对重整军备也无济于事吧。或许也不是这个缘故，反正没人听他的演讲。因此，情况一目了然，再无其他。对方没有任何变化，但寒吉却很忙。

“喂，去玩玩呀？”

“正在工作呢！”

“在干吗？你是土匪？”

“幽会呢！”

“有我你还幽会啊，哎呀，我可不答应啊。”

吉普女郎拽住寒吉的手脚，将他拉进屋来。寒吉拼命甩开她们，跑了出来。但在下一个藏身处，他又被拉拽。无论在哪藏身，一定会被骚扰。因此监视很不到位，据他所见什么都没发生，三高的演讲就结束了。

后来三高的卡车停靠在赏花胜地。这天晴朗无云，温暖宜人，赏花之人众多。因为三高在人们赏花兴起时开始了演讲，所以很辛苦。

他不懂得顺应场地的变化。即便在毫无人影的红灯区也是致意四周，所以演讲越发刻板俗套。

“鄙人是此次参选的三高吉太郎，三高吉太郎。请仔——细看清这张脸。这就是三高吉太郎。”

因为如往常般开始演讲，不太感兴趣的赏花客也哄堂大笑，出乎意料地聚集了很多人，虽然心存感激，但他们都喝了酒，喝倒彩很是吵闹。就连平常在别处演讲时不会被喝倒彩之处，如今也从四面八方传播开来，场面很壮观。最大声喝倒彩的是戴着玩具发髻的醉汉。但仔细一看，他就是前几天晚上寒吉拜访时，领他进门的那位——那个傻笑着、相貌凶恶的四十岁左右的男人。寒吉心想：这么看来，他就是托儿吧。

原来如此，他的性格确实适合做托儿。他先来到赏花地扮作醉汉，感觉确实很入戏。但三高似乎真醉了，只是任由大家喝倒彩或插科打诨，自己却一句拉票的话都没有。不过，或许那是适时而动。在醉酒听众密集的人群中，如果还认真地拉票，不但更加被嗤笑，还会当众出丑吧。总之，即便被大声嘲笑，但听众乐在其中才最重要。

“请大家给三高吉太郎投上公正的一票，拜托给三高吉太郎投票。”

三高大喊着结束演讲，观众群里有人哈哈大笑，也响起了稀稀落落的掌声，竟获得了一些声援。

“好！别担心，我投你。”

“我说，这是哪个区啊？”

三高的卡车缓缓地驶过赏樱大道，然后停了下来。于是三高摘下候选人绶带，被竞选工作人员包围，回到赏花的人群中。随后他们也在花下开始喝酒。

“从未听闻过候选人赏花啊，这位候选人越发古怪了。”

寒吉也很惊讶。他提着便当，却没准备酒。这是当然，因为他是打算过来工作的。但三高一行人却早就准备了几瓶酒。因为先到的托儿事先在这里布置，定是为了在此饮酒而备下了酒。

“看来计划得很周全啊。如此说来，或许做了更周密的准备。愈发有趣了。”

寒吉想三高可能是和秘密见面的某人来这掩人耳目的赏花酒宴上会合的。

不过，最后和他会合的只有那个面相不善的托儿。很快这一行人似乎已大醉，伙伴间开始争吵。

寒吉为了不被发现，故意远远地监视三高，所以争吵的原因不得而知。突然两人互殴起来。扭打的一方是托儿。据寒吉观察，被打的是托儿。打人方是竞选工作人员，不是三高。寒吉赶去的时候，已经聚集了很多人。互殴结束了。托儿抖落身上的尘土正要起身离去。他再次放声大笑着离开。

伙伴们围着一位大哭之人。哭的人正是三高。随即有人从两侧架起三高，把他带回选举卡车处。似乎没人注意到那个哭泣的男人就是发表演讲的候选人。毕竟哪里都有打架，哭泣的男人也不止他一个。形形色色的醉汉把这里搞得十分混乱。

三高一行乘卡车而去，而托儿也消失了。

三高的卡车径直返回自己的家。因为不能醉醺醺地发表选举演讲，这一天的工作似乎到此结束。

因为三高哭着被带走的时候，寒吉就直接感受到就此结束了，他便冒冒失失地紧跟其后，听听三高在哭喊什么。三高的喊叫确实悲痛且令人感到痛快，以至于令人捧腹。

“啊！真无情。啊……”

他像个撒娇任性的孩子，胡乱地舞动着手脚哭喊道：

“别放开我！啊！真无情。啊……”

随后他就被抬进卡车里。

“哎！”

寒吉不禁发出感叹，产生了挫败感。

“把鄙人说成什么样了！”不必说，三高之后又喝起了闷酒。

★

翌日，寒吉很晚才去上班，他路过三高家时，看到三高的卡车载着他正要出发，家人送至路口。貌似夫人模样的妇人出人意料地年轻，她看上去善良，还有些可爱。当时她正背着婴儿。

女人挥动着婴儿的手说：“爸爸，加油!”卡车开走了。看到此景，寒吉不由得心生变化，他还不甘心。

“对了，还没问其夫人。疏忽了。报社记者的足迹必须追遍天下事。”于是，他逮住夫人，并获许进行短暂的提问。

“昨天您丈夫是喝醉回来的吧。”

“是的，明明平时不喝酒的。”

“啊？他平时不喝酒吗？”

“大概从选举前开始偶尔喝了。但是，从没那样烂醉过。”

“那是为什么？”

“不知道呀。是不是选举不顺利啊，他毕竟是候选人嘛。”

“夫人您反对他参选吗？好像别家不是这样的。”

“当选人的家庭当然不同啦。因为我们家只是花费巨资，太愚蠢了。喝喝闷酒就去参选，这也太匪夷所思了。”

“您丈夫昨天喝的是闷酒？”

“是吧。即便是我，也想喝闷酒了。”

“为什么参选呢？”

“我也想知道啊。”

“他有说过什么吧？特别是在喝闷酒大醉的时候。”

“绝对没说啊。因为他一旦决定做什么，就不会安分，不管怎样，都会固执到底。或许有隐情吧，但也不坦率地和我说。”

夫人的声音有些哽咽，但寒吉却欣喜若狂。还是有内情，这个秘密连夫人也不告诉。尚未败选，三高就喝起来闷酒。如果此事不可疑，那天下就没有怪事了。不过，不能急于求成。因为夫人不知道秘密，不急于过多地打探，先抓住夫人的心。

“您很担心吧。但或许三高先生想拼命达成夙愿，所以您也尽可能安慰、鼓励他吧。”

“我也打算这样做。而且，为了他获得更多的选票票数而暗中使力。”

“啊？这可不行啊。您暗中活动是违反选举法的。”

即便被寒吉这么说，她还是显出一副若无其事的样子。这或许是因为她远离“违反选举法”这一词语，过着不谙世故的生活的缘故。或许她没接受过良好的教育。她看似善良，却不怎么看报纸。因此，寒吉为她费力地说明违反选举相关事宜时，夫人似乎只是理解了他的好心，微笑着说：

“谢谢您。但我暗中做的只是拜神啊。”

她始终一副若无其事的表情。

寒吉随后来到社里向部长汇报。

“他们为什么会打起来啊？”

“不清楚。但大概是因为那个托儿不认真做自己的工作，才被扇耳光吧。他肯定是一喝酒就闹事的那种人。”

“那不是都没有可疑之处吗？”

“连参选的秘密都不告诉老婆，这个算吗？”

“傻瓜，因为本来就没有秘密。”

“原来如此。”

“不过，或许可以写成报道。就试着写写《赏花饮酒的候选人》。”

“还是算了吧。我可不能为了写这事白白浪费一天。您就瞧好吧！”

“哎哟，还不死心啊？”

“当然不能放弃。这是盯准狡兔的狐狸——寒吉的第六感，没有不准过。”

“太多次了。”

“您说得对!”寒吉说完就沉溺在弹珠机①游戏里，花了半天来排遣郁闷。

寒吉有认真记笔记的习惯。社会部记者的眼睛不应看漏任何事，因这一戒律使然，只要有空，他便会拿出笔记，锻炼眼力。

“就是它！观察对方的窘态!”

寒吉的笔记上写着“忧郁的眼神，这是唯一能窥视他真心话的方法”。寒吉如获至宝。既然能捕捉到这个眼神，事情就能迎刃而解。

但是，此后他再无灵感涌现。

“还是觉得打架很奇怪。他去红灯区做演讲的大胆行为，也非等闲之辈能做到。如此看来，凡事都很奇怪。好，我就每天早晨去拜访夫人。她胖乎乎的，很可爱。我每天早晨去拜访，这可太机智了。”

寒吉努力发现可疑之处，他决定在上班途中，每天早晨不忘拜访胖乎乎的夫人。把通过弹珠机赚取的奶糖等奖品作为小礼物，拉近与她的距离。

如此一来，和胖乎乎的夫人关系好到可推心置腹，但与这

① 弹珠机，日本一种具有赌博性质的游戏机，一台弹珠机由一个人操作。

种交情相较，参选的秘密却越发被淡化。因为随着关系融洽，夫人不再显现出担心的样子。因为结果演变为她会走嘴说些胡话："如果老公成为代议士，我该怎么办呢？那我是代议士夫人了吧。"

"这女人真是大傻瓜啊！"

寒吉叹息道，虽然不同于自己的真正目的，但每天早晨拜访可爱的女人也是一种乐趣，他变得很没出息。

不久选举结束了。三高吉太郎获得一百三十二票。选票过百应该是了不起的成绩了。选举也算顺利落下帷幕。

这时却发生了无头尸事件，尸体在小学的屋檐下被发现。那所小学就在三高木材厂的后面。尸体的身份尚不明确。

★

在此事件发生的同时，寒吉强烈地感受到一种奇怪的不安。不知为何，他感觉此事似乎与三高有关。三高木材厂恢复营业，但是仔细观察，却到处不见那个相貌凶恶的托儿的身影。尸体已快要腐烂，据说大约两周前死亡。正是赏花时被杀害。如此说来，寒吉赏花后就没见过托儿。当然，也因为自那以后，三高的卡车一出门，他便去拜访留守家中的夫人，这也导致了很少见到竞选工作人员。

然而，倘若那个男性托儿下落不明，似乎应该有人慌乱，但并没有。寒吉若无其事地走进三高木材厂，询问了工作中的男子。

“因为选举，员工没减少吗？”

“没减少。还是老样子。”

“四十岁左右且面相不善的男人不在吗？”

“四十岁左右？那是这里的头儿吧。”

“不是头儿。”

“我们有四十岁左右的工匠吗？这里一直都是年轻人啊。”

“选举的时候不是在吗？”

“选举的时候停业了。”

“那人在做选举的工作。”

“选举的时候，有很多人来帮忙。”

“赏花演讲的时候，有个男性托儿吧。”

“谁知道那事？选举之类的话题都很无聊，别提了！”

对方很生气。看上去他没有故意隐瞒，但总体来说，他好像不想聊选举的话题。不过，似乎是因为选举得票太少，传出去不好听的缘故。还有可能提及选举，似乎会引发对方轻蔑情绪之类的偏见。

此外，还有一个方法，就是从胖乎乎的夫人那里打探，感觉选举结束，就没理由请求见面了，因此没有了登门的勇气。休息日，在街上蹲守半天，终于抓住了夫人外出购物的机会。

“选举的时候，我借给三高先生的一位工作人员一些东西，那个人不在吗？”

“如果是选举工作人员，应该全都在。因为是员工。”

“但不在啊。”

“不可能，因为没人辞职。”

“是个四十岁左右的男人。我初次去您家的时候，是他出来领路的。”

“有这样的人？”

“有啊，不是有个男人像疯子般哄笑吗？”

“哦，哦，江村啊。他不是员工，也不是我们家人，更不是选举的工作人员。他偶尔过来帮忙，但偷了钱后就再没来过。”

“他偷了您家的钱吗？”

“是的，他偷了大约十万日元的选举经费。因为事到如今，传出去名声不好，就没有声张，他真是太过分了。”

“大约什么时候偷的？”

“记不清了，他一旦借钱就不还。我家会想办法还你的，你也和我丈夫说说吧。”

“也不是多贵重的东西，就是见到了夫人，才想着问问。他是什么人？那个面相不善的男人。”

“好像是旧相识。我们结婚前就是。我不知道是什么样的朋友，但他是个坏人。我丈夫在认识我之前就和他是朋友，总感觉是个无法信赖的讨厌家伙。拜他所赐，看起来连我丈夫都不信任他。”

“那么讨厌吗？”

“我的直觉。不过，我的家人、员工都很讨厌江村。据说好像是他唆使我丈夫参选的。”

“可是，他既不是选举的参谋，也不是秘书长吧。”

“那是因为坏人不想在外面露头。结果却偷钱跑了。”

“不过，区区十万日元而已。”

“不是巨款吗？”

“在选举经费中，是微不足道的钱啊。即便是您家，也花了一两百万日元了吧。”

三高夫人说到底还是害怕违反选举法，此时不回答为妙。

“并不是想要回借给他的东西，请让我见见您丈夫。”

“快请吧。哪怕是别人做的事，只要和我丈夫有关，他都会处理妥当的。”

寒吉故意隔了三四天，这天他吃过晚饭后，身着和服轻松地去拜访三高。

三高一见到他就问："听说江村从你那借了东西没还。"

"不，那件事就不提了。倒是听说您蒙受了巨大损失。"

"没有，这也是选举经费的一部分。如此想来，就没关系。我已经不愿再想选举的事情了。"

夫人接着说道：

"四五天前，我丈夫把选举用的东西都烧了。因为店里的年轻人都很烦闷，把东西全烧了，乱成一团。他们兴高采烈地把选举事务所使用的桌椅也烧了。也是因为这些是家里多余的物品，所以他们才满不在乎地烧掉。"

寒吉大吃一惊。自不必说，销毁罪证的最好办法就是烧毁它。

不过，说起四五天前，确实日子过得飞快。距发现某人的尸体已过了十天。如果为了隐瞒罪行，应该更早烧毁。寒吉环视屋内，已不见芥川龙之介和太宰治的书，全是通俗的杂志。

"您不再读芥川和太宰的书了？"

夫人听完答道："那些也都烧了。"

三高发出呵呵无气力的笑声，是苦笑吧。

"奇怪的书，还是没有的好。都是些平时不看的书。"

"只在选举的时候读吗？"

“从选举前开始痴迷，说是一些自杀作家的小说，很无趣。不过，唯有此书，我也想之后读读，就是《悲惨世界》①。”

“《悲惨世界》?”

“就是冉·阿让②啊。因为我结婚前就听说过这本书。”

寒吉顿时语塞说不出话来。

“啊！真无情。”不是三高喝醉大哭时说的话吗？也许当时他酒后不记得了，现在也一如当日，只是微微苦笑。

“看来当时的话有深刻含义啊。”寒吉意识到这点，已有些迫不及待了，他告辞后急忙返回自己家中，打开笔记。

★

笔记上记着三高当时说的话：

“啊！真无情。啊……”

三高当时大哭，又大喊：

“别放开我！啊！真无情。啊……”

笔记本上记录着：三高挥手跺脚不停乱动，他又哭喊起来。仅此而已。

---

① 原文中此处直译应为《啊，真无情》，是当时日本人对《悲惨世界》的书名译名。

② 冉·阿让（Jean Valjean），法国作家维克多·雨果创作的长篇小说《悲惨世界》中的男主角。

仅凭这些，并不能让人认为其中有隐情。因为寒吉有速记的本领，记录的词汇应该是准确的。

“总感觉有些奇怪，三高可能读过《悲惨世界》，但这和芥川、太宰有什么关系呢？胖乎乎的夫人说他读自杀作家的小说，那其他的小说也是自杀作家的小说吗？”

寒吉看笔记后发现，三高说过只有北村透谷很难懂，之后还展示给他看。查阅后发现北村透谷也是一个明治初年的自杀作家，也是自杀作家的鼻祖。①

然而，《悲惨世界》的作者维克多·雨果没有自杀。查阅百科辞典，了解到他不仅是文豪，而且是担任过法国的内阁总理大臣的政治家。

“这也许是三高热衷政治的根源。但是，在他的选举演讲中没有提及维克多·雨果和冉·阿让啊！芥川和太宰也未被提及，并没有文学方面的表达。他从那些书中学到的东西，连一句都没用上。”总觉得不可思议。哭喊着“啊！真无情”，这并不会让人觉得只是醉汉的胡话。平时只看通俗杂志的男人，突然阅读《悲惨世界》、芥川和太宰的书，这绝非寻常之事。

---

① 北村透谷出生于1868年，为日本开始明治维新的年份，因此其被认为是日本近代作家代表人物。文中此处疑指其为日本近代自杀作家的鼻祖。——编者注

至于岩波文库的北村透谷的书，报社记者的寒吉也只能勉强记住作者的名字，于他而言，不过是位已故作家，甚至不知道北村是自杀身亡的。如果没有什么重大理由，三高不可能备齐那些书。

“这些东西方文学书里也许存在着贯穿前后的共性，找到共性或许就能揭开谜底。鄙人对文学的理解很肤浅。对了，问问巨势博士①吧！”

巨势博士并不是什么博士，他见多识广，令人惊奇不已。他和寒吉年龄相仿，尚未到而立之年，现为私人侦探。两三年前，曾发生了“不连续杀人事件”这一世间罕见的奇案，被他轻而易举地顺利破获，于是这个混混儿一举成名。

“因为那个小混混儿，似乎也会出乎意料地歪打正着，和他商量一下吧。”

于是，寒吉立即奔赴儿时朋友的侦探事务所。

★

巨势博士聆听着寒吉的讲述，不断发问，同时认真地查阅笔记。

---

① 巨势博士，作者坂口安吾创作的推理小说中经常出现的侦探角色。在其推理小说《不连续杀人事件》《复员杀人事件》中皆有出场。——编者注

听着听着，他越发兴致盎然。

“你记笔记的才能真是令人钦佩啊。早晚会成为了不起的人物。或许能成为报社记者之王。但是，因为没抓住凶手，谨慎些也是为自己好。请尽可能利用我的智慧吧。我在你的笔记里添写一行结论吧，那就是凶手的名字。”

寒吉心中不悦。这个混混儿到底是什么来路，每次见他都令人火冒三丈。他逐渐回忆起两人过去种种的交锋史，意识到巨势真是混账东西！自己不该来。

“把笔记还我！我回去了。”

“求我添写结论的一行字后，你再回去也不迟。这可是你加薪的机会哦。这个笔记里有‘奖金’，仅凭你的能力是拿不到的。”巨势博士为了笔记不被夺走，他用手紧紧压着笔记说道，“先读读像北村透谷这样的作家的作品吧。如果你知道三人都是自杀作家，或许你就会更加关注到还有其他的自杀作家。近年来自杀的就有牧野信一①、田中英光②。但是，他手头却没有他们的书。大概是因为他没去书店，所以才没买到吧。既然三高知道北村乃至太宰，他应该也知道其他自杀作家

① 牧野信一（1896—1936），日本作家，代表作有《爪》《心象风景》。——编者注

② 田中英光（1913—1949），日本作家，代表作有《奥林匹斯之果》。——编者注

的名字。这是因为在诱发某种原因前，他对一个自杀作家一无所知。他不了解文学的证据在于他说太宰的书好笑、奇怪。因此，他并不是按照文学性的路径而读到此书的，而是基于某种理由凑齐这些书才知道的。如此一来，他备齐这些书的意义就很明确了，那就是自杀。大概他本人也有自杀的想法，才想要读自杀作家的书吧。”

“不要不懂装懂!”

“不好意思。你凭借报社记者的直觉正中要害。你的‘箭’命中了，但不幸的是你却没能看见目标。就像高手的飞镖能够击倒黑暗中看不见的敌人一样，这是高超的本领。不过说来可笑，我似乎练就了辨别目标的技能。正如三高因某种理由而阅读自杀作家的书一样，他当然也有读《悲惨世界》的理由。如此说来，你的怀疑是正确的。三高哭喊着‘啊！真无情’的时候，他不是透露了这个秘密吗?”

“别胡说八道！他不就说了句‘啊！真无情’吗?”

“他说的是‘别放开我！啊！真无情’。”

巨势博士默默地笑了。

“那又怎么了?”

“你试着想想笔记里的内容。三高手忙脚乱，却说不要放开我。那个叫喊有些不合理吧。如果不希望别人放开自己，应该紧紧抱住对方才对啊。但是，手忙脚乱地想从别人的肩膀处挣脱，这是为什么呢？”

“我的听力和速记都很准确。”

“是鄙人的听力、鄙人的速记吧。绅士平时可不能失了谦恭啊。”

“把笔记还我！”

“你的笔记很准确。但是你对读音的解读不对。这里不是‘别放开’的意思，是‘不要说’某个秘密的意思。① ‘啊！真无情。啊……’必须要这样解释。”

寒吉似乎被当头棒喝，满脸愕然，他不禁站了起来，却被笑眯眯的巨势博士制止。

“还早呢，冷静！冷静！三高原本在选举演讲的开头就暗喻自己是冉·阿让。你看笔记，没错吧。‘鄙人是此次参选的三高吉太郎，三高吉太郎。请仔——细看清这张脸。这就是三高吉太郎’，有这句话吧。也就是说，除了三高吉太郎的这张脸以外，还有另一张脸所代表的人在悲痛地呐喊。那个人，就是冉·阿让，即后来成为马德兰市长的冉·阿让，也就是说三高吉太郎以前可能是囚犯。如冉·阿让一般，或许是个越狱

① 日语中放开和说话的读音都是“hanasu”。因此在对方说“hanasu”时易在理解上出现混淆。

犯。如此说来，大概当时的同伙就是江村，那个相貌凶恶之人。”

“三高为何大叫呢？”

“让我来解释可不是报社记者应有的做法啊。但非要我说的话，我认为三高大概是自暴自弃了吧。他肯定一度想要自杀。然而，从他决意参选来看，就已经自暴自弃了吧。可能是他破罐子破摔，希望认识他的人都站出来。因为自那时起，他似乎开始喝起闷酒。或者是这样的。然后他开始将好不容易辛辛苦苦攒下的财产大量用在选举上。三高心想与其被江村索要钱财而败光家产，不如索性在公众面前暴露自己，随意败光家产。走着瞧！或许这是三高源自这样的自暴自弃的心理所采取的行动吧。似乎是这种心理，你能理解吧？不过，当然他的真实想法一定是不想让人知道自己以前的身份，也不想败光家产。因此，在演讲中才会自暴自弃地说道‘请仔——细看清这张脸’，醉酒后又在哭喊着‘不要说！啊！真无情’。结果就是三高杀了江村，但他自己也有些自我厌恶了。喂，我说，你不想领奖金吗？”巨势博士笑着放下了笔记本，但他的表情却逐渐认真起来。寒吉为了回应那个表情，点了点头，然后拿起笔记本，放入口袋里。

几天后，寒吉陪同三高吉太郎先生去自首。后来，寒吉发表了独家报道，还领了奖金。

巨势博士的推理几乎完美。三高先生和江村原是趁战后混乱，从北海道监狱逃出的徒刑犯[1]。

① 徒刑犯，在日本旧刑法中，有将重罪犯人送到僻远地区或荒岛的监狱服劳役的刑法条例，而服此劳役的犯人被称为“徒刑犯”。

山神杀人

用十万日元杀害儿子

——布道者三人被捕

（此故事根据新闻事件改编而成）

【青森电】　上个月2月13日东北干线小湊、西平内间（青森县东津轻郡）线路旁青森县上北郡天间林村天间馆，发现无职业者坪得卫（四十一岁）的尸体，国家地方警察青森县总部和小湊地区警署判断为他杀，并展开进一步搜查，于8

日后，逮捕了青森县东津轻郡小凑町御岳教教师须藤正雄（二十五岁），作为主要犯罪嫌疑人，并已于18日早晨逮捕了行商坪勇太郎及妻子御岳教信徒茂（五十岁）。此二人曾将被害人的生父，即上北郡天间林村天间馆的民生委员①农坪得三郎（六十一岁）介绍给须藤……

——《朝日新闻》5月19日晚报

想要抛弃儿子的父亲

公安委员②山田平作等待着夜幕降临，因为长子不二男在黑市交易被捕。他被传唤到镇警署。

“辛苦您了。”

署长似乎有些同情地迎接了他。不二男已是第五次进警署了。考虑到公安委员这一头衔，平作必定更觉得脸上无光。

因为平作在路上已下定决心，所以一见到署长就亢奋地说：

“这次我仔细想过了。因为无颜以对祖先牌位，我想此次

① 民生委员，在日本市町村区域调查本地区居民的生活状况、对需要保护者给予保护指导的地方公务员。其主要职责为提高该区域民众的生活福利。

② 公安委员，指管理警察的日本行政机关公安委员会的成员。——编者注

定要下决心断绝父子关系及废嫡①。”

“是啊，我能体谅您的心情，但进警署的人最需要温暖的家庭。如果就此抛弃他，他只会误入歧途。”

署长似乎有些难以启齿，小野刑警接着说：

“如果断绝父子关系，就更无计可施了，只会多了一个坏人。”

他悔恨地唠叨着，能够感觉到语气中似乎带有“不要忘记父亲的责任”的意味。平作不禁怒形于色。

“能不能借用警察的力量改掉他的恶习？因为父母已经无能为力，所以就拜托你们了。”

“在理论上即便警察束手无策，父母也不能无计可施。因为父母作风如此，孩子才会走偏啊。身为公安委员却……”

因为小野言辞激烈，署长劝止住他。

“小野君负责不二男君的事件，所以感情才会有所变化。他热心工作，动辄容易生气，这是他的优点，也是他的缺点。因为不二男君也不是早婚的年龄了，或许给他找个好媳妇，他就能稳定下来。”

署长如此平静地说和。不了解的人听了似乎只觉得很稳

① 废嫡，指剥夺继承人的家长继承权。

妥，但了解情况的人听了就不仅于此了。因为平作的话，似乎可以理解为他要和二十岁左右的不良少年断绝父子关系，而实际上不二男今年都三十三了。

平作因为在现任妻子面前抬不起头，所以不曾对前妻的儿子不二男说过暖心的话。不二男从少年时代就像被当作雇农般养大。本以为如果没有战争，他就会更早学坏，早就离家出走了，但或许可以说是战争拯救了他，他踊跃报名出征。对他而言，军队和战争生活反倒是他最初的青春时代。

战争结束后，他开始学坏。虽然依旧过着父亲的雇农般的生活，但他从事黑市交易，有时和黑市伙伴谋划挣黑钱，常常受警局处罚。

每次遭殃的就是平作，警署说是和解，收取罚款。儿子盗取自己的农作物拿到黑市上卖，平作不但屡次受损，更觉脸上无光。不过，社会非但不同情他，更是无情地批评他。

“即便是傻雇农，免费也雇不来，长子已长大成人，却不给他娶媳妇，只是庆幸般地任意驱使他，所以才变成这个样子。”

平作曾对此社会评论很生气，但署长也提到不二男君的婚事，所以很不高兴。

“有人愿意做那种人的媳妇吗？如果有女人愿意，也是色情狂吧。”

他一时气愤，嘟囔着类似诅咒百年仇敌的话。

就在那时，平作注意到警署深处传出热闹的声音。

“南无妙法莲华经①，南无妙法莲华经，南无妙法莲华经，南无妙法……”

“南无妙法莲华经”之声宛如瀑布声音般无限涌起。是女人的声音，却充满气魄。

“那是什么？不是警署里吗？”

署长苦笑着。

“从早上念到半夜。喏，就是那个山神行者②加久啊。”

“那个杀人的……”

“不是，好像加久没有犯杀人罪。因为太吵了，所以今天打算释放她。”

几天前，农户甚兵卫家发生杀害女儿的事件。该事件的起因是他家人把女儿康子（今年十八岁）监禁在一个房间里，不给她饭吃，并将她殴打致死。全家人有合谋杀害的嫌疑，而山神行者加久也在此计划中扮演了一个角色。加久说是要赶走

---

① 此处指皈依佛法之意，日莲宗僧人信仰其所依的《法华经》，并寻求保佑时所念之词。

② 行者，指日本民间认为能发挥各种神秘能力的宗教人士。

附在康子身上的狐狸，住了十天为她祈福。镇上传闻不给康子饭吃，反绑其双手进行训诫殴打，都是加久的指使，说是为了赶走狐狸。

“但是深入调查后，似乎并非如此。这背后有甚兵卫一家的巨大阴谋——假装是加久所为，试图免除罪责。好像加久只不过是间接被利用了而已。因为似乎总有些人，试图利用邪教免除罪责，精神正常的人姑且不论，有能力的人则更技高一筹。”

署长懊恼地说明着。这时，小野似乎突然意识到了什么。

“不二男这家伙，好像也成了山神的信徒。还有，加久这家伙，究竟是什么人？她是怎么注意到不二男的呢？她对不二男说有死神跟着他，说要帮他驱赶走死神。到昨天前都是如此，但从今天早上开始，不二男这个家伙双手合十跟着加久念起了‘南无妙法莲华经’。”

平作听到这些，眼神有了变化。

“那么说来，只要拜托加久，就能改掉不二男的恶习吗？”

“警察不懂神明的事情。”

“帮个忙，能不能让我见见加久，或许能改掉不二男的恶习。”

“哈哈哈，也不是不能让你们见面，喏，看那个坐在长椅上双手合十的怪人。他叫兵头清，是个二十五岁的年轻人，他是加久的狂热信徒，担心教祖安危，才静坐在那个长椅上的。如果改掉恶习会变成他那样，或许也够让人操心的。”

男子如往常般穿着西装，初看似年轻的办事员。他安静地双手合十，并不是脸色苍白、病态的年轻人，而是有着运动员般的健壮体魄。因为他在安静地双手合十，反而充满了妖气。平作仔细观察后说道：

“不，那个人最无可非议了。请务必让我见见加久。”

最终，大家商量后决定让加久为不二男改掉恶习，她和兵头清暂时在平作家住下，为不二男祈福。于是，不二男和加久在当晚同时被释放，加上兵头清三人，都被平作带着出了警署。

然而，那之后过了三四十分钟，被淋成落汤鸡的平作孤身一人且脸色苍白地跑进警署。

欺骗神的人们

据平作所述，事情经过是这样的。

那日傍晚开始下起的雨，在平作起身离去时已变为倾盆大雨。平作的家离镇里很远，必须要翻过一座小山。

平作提着灯笼在前，走在山路上。这里的道路只有排成一列才能通过。因为大雨滂沱，加久也在高喊“南无妙法莲华经”，念个不停，因此无法听到其他声音。平作光是走山路已竭尽全力，在终于登顶的地方回头一望，后面跟上来的只有加久和兵头，却不见不二男的身影。

“不二男就紧跟在我身后，不至于突然消失吧。”

“因为他好像在坡道途中小便，我便超了上来。”

“混蛋！你是中了不二男的计策，才让他溜走了。那还怎么成功为他驱除死神，改掉他的恶习呢？已经用不着你们了，快给我消失！不二男这家伙，我饶不了他。让他在警署里与警察去商量断绝父子关系一事吧。”

平作捶胸顿足地回到警署。

听闻此话，吸着香烟的小野刑警吐出一口烟。

“我就觉得那家伙念经的样子太过玄妙，果不出所料。都说邪教骗人，但这个镇上的家伙流行骗邪教的人。即便骗得了加久，也骗不过我的眼睛。不二男的去向这种小事，不需要花工夫思考。一起来吧，我帮你抓住他。”

小野站起来，突然开始做外出的准备。

小野催促平作，冲进了暴雨中。他们从后街拐进甬道。

“嘘，安静点儿！”小野制止了平作，走到小屋门口，突然止步。

“啊。有人吗？”

平作看不懂现场的状况。

“欸，在哪？好像没人。”

“不是，我确实感觉到有人逃到那边了……下这么大的雨，真没办法。”

小野有些灰心，站在小屋门口，咚咚地敲着外面的门。

“晚上好，大月女士，晚上好。”

想来已经敲了二十次门，这时终于感到屋内有动静了。

“深更半夜，有什么事？竟跑到独居女子家中。”

“还没到半夜啊。差二十分到九点。再过三个小时，才到半夜。”

“是谁？是醉汉吧。”

“我是警察。有事想问你。”

“警察？哼，是谁？喝得烂醉。”

“开门！因为山田不二男的事情想问你。”

小野突然大声说明来意，屋内女人惊慌地把门打开。

“什么事？小野先生吗？有什么事？”

是个三十三四岁的女人，这个名叫阿久的寡妇是行商①，是个颇有风韵的女人。关于她的各种传言不断。

“不二男来了吧？”

“没来啊。”

“哼，那你和谁睡着？里面的男人是谁？”

“没人来啊。”

“真的吗？我可进屋查看了。”

“好的，请进。请不要侮辱人啊。因为有邻居在。”

“邻居已经习以为常了。”小野突然冒冒失失地进到里面。哗啦一声拉开隔扇②，因为里面只有一个房间，所以无处可逃。被窝里的男子猛地起身，一副已放弃逃跑的样子。

“哎呀，是铃木吗？铃木小助君，真是意外的会面啊。我可告诉你老婆啦。”

“我不记得做过坏事。快给我走开！”

“嗯，你只做好事啊。”

小野对他大加讽刺，却就此打住，穿上了鞋。

“请教你一个问题，刚才不二男来这里了吧？”

① 行商，指第二次世界大战后，日本进行物资管制，而暗中购进大米等管制物资，走街串巷的叫卖者。

② 隔扇，一种用于分隔室内外空间的门。由中国宋代的格子门演变而来。——编者注

“不是说了没人来嘛。”

“什么别人，是不二男。他应该二三十分钟前敲过外面的门。”

“不知道，因为我睡熟了。”

小野走到下着倾盆大雨的屋外。身后砰的一声门被关上，听到上锁的声音。

“刚才逃走的正是不二男。这个家伙，好不容易跑到他想念的女人那儿，却因先到的客人被关在门外，他似乎悄悄窥视了屋内。在这暴雨中可真辛苦啊。可行商的寡妇这种人不会紧张，她只是感冒了而已。”

平作听闻不二男有女人，心想原来是这个女人呀。

“这个女人是寡妇吗？”

“是寡妇阿久，村里最能干的人，是个爱戏弄人的女人。不知道她有多少男人。事到如今不要变得血肉横飞就好，但不二男稍不注意……”

平作在主路和小野分别。“事到如今不要变得血肉横飞就好……”小野的一句话印在他的脑海。

“竟然和坏女人扯上关系，真讨厌。”

他觉得好像都怪不二男，自己的家才变得乱七八糟。战争结束后，他把二町步①的田地增加到五町步，也购买了山林，在镇上是一个大家公认的体面老板。他虽已成为公安委员，但因为不二男，人们对他少有敬意。

“好不容易我才有了如此身家，却因为这个臭小子……”

平作怒不可遏。他志向远大，在他眼中根本没有什么新颁布的《农地法》②，在他脑中挥之不去的是自古以来的农村传说。

太阳从这山升起，从那山落下，把两山之间的土地视为己物，每当雄鸡报晓，似乎就会增加一升黄金，他想成为这样的财主。而后被尊为百姓之王，他走在田地间，稻草人以外的所有人在泥地里下跪。放眼望去，所有的收成，所有的群山翠绿，尽归自己所有。

“只有太阳不能如我所愿。人类这些蠢货，必须让他们惶恐得不敢和我主动说话……”

他思考着梦幻般的生活。突然清醒过来，为这背离梦想的现实而怒不可遏，而首先最让他恼火的就是不二男。

---

① 町步，日本人计算山林、田地面积时的传统计量单位，1町步约等于1公顷。
② 《农地法》，指1952年颁布，为促进耕种者获得土地，保护其权利，实现土地在农业上的有效利用而规定调整农业用地相关的土地法。

中了妖术的神

平作在暴雨中筋疲力尽地回到自己家，家里的土间一片混乱。土间里加久和兵头在和妻子阿常争着进入屋内。

阿常一见到平作就跑到跟前。

“你怎么回事啊？要闲逛到什么时候呀？”

“我去找不二男了。”

“不二男早就回来睡下了。”

“是吗？比我先到一步吗？”

“你打算拿这帮人怎么办啊？据说他们要驱除附在不二男身上的鬼魂和狐狸。说是你拜托的，真的吗？”

“不，我是拜托过一次，但之后拒绝了。但是，算了，把他们扔在暴雨中也挺可怜的，所以仅今晚让他们住马厩吧。你们，来屋外！竟然想进入我家，厚颜无耻的家伙。因为可怜你们，今晚就让你们住马厩了，盖上稻草睡吧！”

平作把加久和兵头带入马厩。

要说为何从一开始平作就想把加久领进自己家，不是出于改掉不二男恶习的想法，而是因为他从甚兵卫家里发生的事件中得到了启发。

平作听到不二男成为加久的信徒时，就心想这下子可太好了。

因为平作对新兴宗教什么的不是特别感兴趣。他认为教祖和信徒等都是普通人，莫如说是一群蠢货。据说算卦先生称客人为妄人，那个算卦先生连自己的未来都无法占卜，过着贫穷的生活，他还不如妄人，是个蠢货。蠢货的神通之力之类的法力太荒唐可笑，根本无法想象。

然而，社会上确实有些傻瓜还不如蠢货，比如就有傻瓜成为蠢货的信徒。对于这样的傻瓜，蠢货确实有相应的神通之力。

“信徒按照教祖意愿行事。给加久点甜头，让她随意操纵不二男，如果可以的话，就一狠心……”

平作心想：因为甚兵卫自己也下手了，所以事情才败露，但如果万事交由来自神的神通之力，就不可能败露。

如此盘算后，平作就想着把加久邀请到自己家，不二男的信仰神明就是欺骗警察的手段，回家途中被不二男巧妙地抢了先，让他给溜走了，所以平作怒上心头，诅咒起了加久。

但是，平作又心生变化。如果不二男有那样的坏女人和伙伴，就越发有必要尽早收拾不二男。平作的脑海里回荡着小野的话。

“事到如今不要变得血肉横飞就好……”

连那个多疑的刑警，都认为因为阿久可能会血肉横飞。

“可以利用这个家伙。如果伪装成不二男因阿久被杀害的话……”

平作脑海里浮现一个新想法。

平作把加久和兵头领进马厩，让他们坐在稻草上。平作将灯笼立在正中间，静静地注视着二人：

“加久看起来不愧为厉害的行者，似乎能看到附在不二男身上的死神和狐狸啊。”

“我当然能看到。因为被附体的人有其影子。还能听见狐狸的叫声。”

“什么？你只能看到影子，听见声音吗？我可能清晰地看见附在不二男身上的死神和狐狸。死神和狐狸都紧紧贴在不二男的背上，双手缠在他脖子上，两腿盘在腰间，如藤蔓般紧紧地搂住他。死神和狐狸这两个家伙分别从左右肩探出，不二男的脸在正中间，仿佛是有三个脸的妖怪，但只有一个身体，仿佛历经几百年的藤蔓般生长进去，融为一体，丝毫没有放开的可能。”

“不，我定用法力驱除。”

“你小子只能看到影子，不要说大话了。我可是看得很清楚，却无能为力啊。哎呀，等等，等等。”

平作一边用袖子尽量掩住灯笼的光亮，一边侧耳倾听。

“哼，好像是幻听。因为死神和狐狸多疑，如果在附近商量，他们马上会觉察到，就会蹑手蹑脚地前来偷听。因为发出大的声响就会被觉察到，你们再靠前些。如果有灯笼火光，就不合时宜，所以熄灭火，你们拿出一只手！彼此紧握各自的那只手，共同商量吧！如若不然，就会被死神和狐狸夹在中间，被他们偷听到。好吗？”平作用左手握住加久的一只手，用右手握住兵头的一只手。

“你们也紧紧握住彼此的手。为了不弄错而抓住死神或狐狸的手，在有灯笼火之前最好再次仔细确认。熄火后无论发生什么事，都不能松手或改握他人的手。因为稍一松劲，就会被死神或狐狸的手所替换。握紧啦。那么熄灭灯笼火啦。”

平作尽量把脸贴近，吹灭了灯笼火。马厩立刻一片漆黑，只有蜡烛芯残留的很小的红点在微微地燃着。

“那么，这样就可以了。我说了，死神和狐狸的双手双脚都深深嵌入不二男的脖子和腰部肉中，所以不能取下来。也不能只杀死死神和狐狸。因为他们是类似三位一体的存在。为了帮助不二男，就很难保持不二男身体原样。因为他们的心脏和脖子也都重叠，合为一体进行呼吸，所以如若不能设法一下子断了不二男的气息，就无法驱除死神和狐狸。要刺的一声深深刺入不二男的后背到心脏的位置。短刀的刀尖刺入心脏，必须在他转身前刺入。如此横着倒下去后，接着砍掉不二男的头。不能带一点外皮。彻底砍掉后，必须将胴体和头弄得四分五裂。如此一来，死神和狐狸的头就会掉落。如此就能驱除死神和狐狸。如若不然，别无他法。怎么样？你们还不明白吗？"

加久的牙齿发颤发出咔咔的响声。

"是啊，是啊，就是那样。只要照办，就能驱除死神和狐狸。如若不然，就无论如何也不能驱除。三者重叠，刀扑哧一声刺入心脏，直达刀刃根部。三个头重叠在一起，一并斩落。必须这么做。只要照此行事，死神和狐狸定会被驱除。"

"是啊。不过，如果被别人看见了，无论如何也办不到的。把不二男诱骗到山里，必须在没人看见的深山里动手。"

"当然如此。因为我是山神行者，必须把他引诱到山神身边。日光①的深山里不错，一定要把他引诱到日光啊。"

"是的。必须在日光男体山的深山里行动。必须出了中宫祠后面更深处的山谷，在竹林中动手。那是兵头的任务，兵头

① 日光，日本栃木县北部地区，1954 年设市。该地群山林立、林木繁盛，是知名的旅行胜地，有名山奥白根山、男体山。该地区山神崇拜、山岳宗教文化十分流行，其中二荒山神社中宫祠为祭拜山神的重要地点。——编者注

能完成吗?”

“是啊，是啊，那是阿清的任务。阿清一定能完成。从后面扑哧一声刺入心脏，砍掉他的头。我一定能完成。”

兵头因为寒冷和亢奋而身体僵硬如石，浑身哆嗦。被这么一说，他的膝盖下方开始颤动，就像滴答滴答的时钟一样，牙齿发出声响。

“好的，我一定完成任务。我也不是从前的那个我了。如今，我开始能看见神，能听见声音了。再加把劲，成为一名出色的行者。我一定要利落地除掉不二男身上的死神和狐狸。”

听到这些，平作更用力地握住二人的手，如波浪般摇晃着。

“南无妙法莲华经，南无妙法莲华经。”

他开始念起《法华经》的题目。自不必说，二位狂热的信徒亦跟随着，在关键时刻开始齐念。

国王诞生

那之后大约过了十天。在日光男体山中，发现了死去的男子。该男子心脏被刺，头被砍掉。倘若不是特定日子，没有行者会经过那座山。但因为恰在那天山里的村民经过此处，在行凶的翌日，尸体被发现了。这也算一大幸运。

因为从被杀男子的口袋中发现一封信，所以获悉了被害人的身份。真是幸运之至。自不必说，被害人是不二男，是邻县之人。如果这封信不出现，或许事件将永远无法解决。

这封信来自阿久，信上大概写着：在日光等你，希望你过来。我会事先派迎接的人在回马岭等你，希望按照此人的引领放心跟过来。在日光的山中有好多的话要说，想和你结缘。

“这么说是因痴情而杀人？可是，竟有这么蠢的凶手——特意郑重其事地砍掉头，却不检查口袋。真是作为常识而难以想象的愚蠢啊。”

不过，小野刑警与日光方面取得联系后抓住了阿久，通过审讯清楚地得知阿久当日在别处，还有很多人的证词。

阿久说不记得写过那样的信。

“喂，警察老爷，这封信出自男人之手。为了模仿女人的笔记，故意笨拙地歪着写。而我呢，靠行商过活。因为我从小学开始就跟随合适的老师学习书法，彻底钻研书法的真谛。借我砚台和毛笔，让你看看我秀丽的笔法。”

让她写来一看，的确字写得很好，以至于让人认为是哪家小姐写的。搜查重新开始，已经弄清了被害人的身份，因为有了作为证据的书信，就极大地限定了凶手的大致情况。只要清查围绕阿久的男人就好。然而，调查了阿久的情夫，却都有不在场证明。因为都是行商，所以各自都有明确的证人能够证明当日的所在之处。

小野陷入沉思。

“对了，信上写着派人迎接男子。因为不可能情夫去迎接，所以去迎接的男子不是情夫中的哪个人，必须是其他人。”

小野去车站调查，知道有人前一日购买了去日光的车票，翌日返回。此人便是兵头清。

“对啊。如果是兵头，因为在警察署和不二男见过面，可以完成迎接使者的任务。使者定是兵头。”

小野欢欣雀跃，开始寻找兵头的行踪。在平作的马厩里兵头和加久一起在祈祷时，小野抓住了他。

因为兵头招认，案件得以告破。作为谢礼，平作事后曾拿出十万日元，为加久建了佛堂。

平作被抓，他行使缄默权，一句话也没说。大概他将今世没能实现的梦想带入牢中了吧。或许在牢中，他的梦想反倒更容易实现。

“我是国王。把国王关在牢里算怎么回事？”

据说他有时会紧紧抱住窗棂，咬牙切齿地发出叫声。

正午杀人

郊区电车于十一点三十五分到达 F 站。开往 F 站的电车，前一班车到后一班车间隔三十分钟，下一班到达时间为十二点五分。如此一来，恐怕赶不上截稿时间了。

“还有五十天啊。”

文作下电车后叹了一口气。流行作家神田兵太郎在文作的报纸上刊登的小说，已连载到大约一百章。两人约定好在写完一百五十章之前，文作每日都必须同一时间到 F 站。从车站到神田家需要十分钟。

身穿西装的年轻女子走在前面。

"那人好像也是去神田家吧。"

文作的直觉告诉自己。沿着田间小路来到山冈处，有座神社。从那爬上山冈，就是神田兵太郎的家。这里很不方便，附近没有其他人家。

女子在神社前停步，看样子似乎迷路了。追上来的文作毫不犹豫地主动搭话。

"您是去神田老师家吗？"

"啊？"

"神田老师家在这里拐弯，就在山冈上。"

"哦，我知道的。"

"是吗？太失礼了。"

文作行了个礼，惊慌失措地开始爬山路。因为那女子年龄二十一二岁，有着惊为天人的美貌。

"真想不到啊。去神田家的人中还有这么可爱的女子。真有日本小姐的派头。所谓典型的美貌不正是她这样的吗？太过完美，有些高冷啊。首先，似乎对我很冷淡，眼光很高嘛。"

记者同僚们都知道：在去神田家的女记者中，有一个名叫安川久子的美女，或许就是此人。虽说是流行作家，但神田兵太郎的著作销量仅几十万册，每月并不高产。因此，让他撰稿并非易事，但最近一个女性杂志每月不间断地刊载他的稿件。传言是因为派了一个叫安川久子的美女记者去，这之后才有了显著变化。

“神田兵太郎也是一位令人感到莫名其妙的作家。有人说他性无能，也有人说他是同性恋。结果美女记者却成功约稿，真是不明所以啊。”

文作按响了神田家的门铃，毛利明美出现在眼前，领他进入大厅。这栋洋楼有一个很讲究的大厅，大得惊人。几个小房间只是附属于这个大厅。今年六十岁的神田兵太郎这几年热衷于空手道。工作间隙在这个大厅做些空手道的规定动作，练习近一个小时后，便去洗澡。因为他多在写完报纸的稿件后练习，所以文作也见过神田显示身手的样子。他的身体让人看不出他已六十岁，很朝气蓬勃。他擦着阵雨般流下的汗水，即便头晕站不稳，还在喊着“嘿哈”而努力练习。之后，他急忙跑进浴室。

“老师空手道练习刚结束。在洗澡呢。”

明美如是说，把文作带到大厅一隅的椅子上就座。

这个毛利明美原本是业余脱衣舞演员。自从她在女子大学的文艺演出会上表演了脱衣舞，把同性迷得神魂颠倒之后，就对自己的肉体很自信，以至于一有机会就以裸体示人，有着迷倒众人的野心。不久，她选择了一个有名的画家，学着做模特，将称得上“最佳女体鉴赏家”的大师们全部搞定，而心情畅快。后来，明美就和神田兵太郎同居了。

传言神田是性无能、同性恋，没想到竟和明美同居，所以新闻记者一时间也感到困惑。但是，最终竟得出煞有介事般的结论：由于神田是性无能、同性恋，或许他是最纯粹的女体鉴赏家，而他和明美就只有这种单纯的关系。

因为神田洗澡的时间都是固定的，明美拿来事先准备的三明治和咖啡。

“稿子写好了吗？”

“嗯，写好了。在这里。”

明美从壁炉台上取下稿件，交给他。

“谢谢。老师总是按时完成，真是帮了大忙。”

说到这样的大作家，倒是很守时，总在上午按时完成一章。要是顺便把四五天的稿件汇总给我，则会更省事，但即便只是每天按时完成，约稿部门已很满足了。

“喂，浴巾！”

神田在浴室大喊。“来了！”明美应声跑进浴室。文作来时听到的哗哗流水声总算停了，神田可能一直在洗澡。

“哎呀，好冷，好冷。快！快！”

明美不厌其烦地催促着，是在用浴巾给他包裹身体吧。神田好像吹着口哨跑进了卧室。明美把神田送进卧室后，自己走了出来。

“老师很喜欢淋浴啊。”

“是啊，即使寒冬也洗。所以皮肤才细嫩呢。”

明美神情忧郁。她为了掩饰那种神情，便岔开了话题。

“你在电车里没看见一位漂亮的小姐吗？”

“啊。就是她。当然看到了。到神社前都在一起。那人是谁啊？”

“是安川久子小姐。”

“果然是她啊。真漂亮啊。”

“是的。”

明美神情不悦。

“怎么了？”

文作问道，明美苦笑着掩饰。

“没有，没什么啊。只是因为老师焦急等候才问的。说是来了后，让领到卧室。洗完澡后还光着身子，就迫不及待了。”

“裸体啊。”

“太过分了。”

那时，呼叫铃响起，安川久子到访。因为明美事先被吩咐过，她横穿过大厅，把久子带到神田的起居室。起居室、卧室、浴室和小屋这四个房间连成一排，各自都有通向大厅的门，但每个房间也有侧门相通，从浴室到卧室，从卧室到起居室，可以往返之间却不被大厅的人看到。明美心中不满也情有可原。

“安川小姐来了。”

明美打开卧室门大声喊叫，砰的一声又把门关上。

“明美！明美！”

这时，神田从室内大声喊叫。明美似乎嫌吵，只把头伸进屋里。

“什么事啊？”

神田絮叨地说着什么。明美关上门返回文作处。

“男人啊，太蛮横了。”

“怎么了？”

“把美女叫进来，就让我走开。还说让我去散步。”

“老师的话，不用担心吧。”

“什么不用担心啊？他可是日本头号色鬼啊。”

“嗯？”

“嗯什么嗯啊，好了，我们出去吧。这里的空气不干净，‘淫风盘旋’。”

明美设法拉住文作的手，走到外面。就在那时，听到正午的汽笛声响起。

“我也一起去银座玩吧。”

“我可不是直接去银座啊。接下来要绕道去插画老师那里，之后才去银座。”

下山的途中，遇见了书生①木曾英介。他刚从超市购物回来，正用自行车驮着货物往山上走。

“因为见安川小姐在起居室，所以你最好别去屋里打扰。”

明美提醒木曾，随后把文作送到车站。

文作绕到插画老师那里，把文字稿件交给他，拿着完成的插画，快到三点时回到报社。

“你这之前去哪闲逛了？”

“拉倒吧。我绕道去取小说稿件和插图，根本没工夫休息。”

“不会是你杀了神田兵太郎吧？”

“你可别吓我。”

“神田兵太郎自杀了，但好像也有他杀的嫌疑。总之，你躲躲吧。”

---

① 书生，即学生，尤指日本明治大正时期的学生。寄宿别人家中，一边帮助人干杂活一边学习。

“为什么?”

“因为完成这里的工作前，我们可不想把你交给其他报社。神田的死亡时间就在你去他家的那段时间前后。如果是他杀，你可是头号嫌疑人啊。”

“我在的时候是正午。神田先生在淋浴，还活蹦乱跳的呢。”

“你等等，如果招认，最好在这个房间……”

报社社会部的莽夫们像审犯人一样将他围住，使劲地把他塞进别的房间。

★

明美把文作送到车站后，悠闲地从农户那买来刚下的鸡蛋，在那里一个劲地与人交谈，聊了大约二十分钟。散步回来时大约下午一点。

书生木曾在厨房前面劈柴。明美进入家中之前，顺着劈柴声来到木曾处。

“安川小姐呢?”

“嗯?”

“还没回去吗?”

“因为我一直在这劈柴，不清楚屋里的事……”

木曾的确劈了很多柴，地上到处都是。

明美进入屋内，鼓起勇气敲了下起居室的门。因为整个屋内一片死寂，她有种不好的预感，但出乎意料地从起居室中听到久子清晰悦耳的声音。

“在，请进。”

“哎呀，安川小姐，就您自己？”

“是的。”

“老师呢？”

“发生什么事了吗？我一直在等他……”

“在写稿子吗？”

“谁知道呢，我还没见到他。”

“从刚才？”

“是的。”

据说久子那一个小时在读带来的书，等得有些不耐烦了。的确与明美招呼她进来的时候并无异样。

于是，明美去卧室查看，发现神田没有穿衣服且趴在那里，已经死去。浴巾裹着下半身。他被手枪击中右太阳穴。手枪掉落在右手边。他已经没有了体温。

久子回答了警察当局的讯问。

“我在起居室期间，没觉得隔壁卧室有特别的响动。”

“你一直待在房间里，是吧？”

“不是，其间离开房间两次。”

“为什么？”

“因为电话响了。没人接听，所以我就出去看看，但或许是因为时间久了，我接听的时候已经断了。”

“大约什么时候？”

“我来后没多久，我想大概是十二点五分或十分。”

“那时宅子内没人吗？”

“没看见任何人。”

“离开房间大约几分钟？”

“就一会儿。就是从电话机叮铃叮铃地响，到知道电话挂断的那段时间。”

“当时没听见手枪的声音吗？”

“没注意到。因为收音机一直在响，或许没能听见。”

“打开收音机的是你吗？”

“不是，我来时就在响了。”

那个收音机是神田自己打开的。据说他开始练习空手道格斗时总会打开。

明美和文作在他们起身离开的时候，都听到收音机在响。明美说差点想关掉收音机出门的，但“为了方便他们”，故意让收音机响着声音离开的。

“心可真宽啊！”

报社记者深感佩服。

“我才难为情呢。”

据说明美当时意味深长地微笑，还被某家报社报道了。

木曾的证词如下：

“我到家时十二点五分左右。在神社前停好车后，为了爬山便休息了片刻，那时听到了正午的汽笛声。电话吗？我不知道啊。因为我把货物丢进厨房，马上就开始劈柴了。”

木曾二十七岁，战争结束时还是个学生兵①模样的美男子。他面对新闻记者关于同性恋方面的尖锐提问，应对沉着。

“我只不过是老师的弟子、书生、男佣。其他的事情一概不知。什么？情人？说到老师的情人，应该是明美吧。什么？安川久子小姐和老师的关系？我怎么会知道那种事呢？我对神田老师的私生活不感兴趣。”

“没听到枪声吗？”

“如果听到了，我定会有所行动的。我可是很恪守书生职责的。”

---

① 学生兵，指第二次世界大战后期，日本为补足兵力而强制征召19岁至20岁在校学生从军当兵，故称此种士兵为学生兵。——编者注

“你能猜到自杀的原因吗？”

“猜不到。原本文人就有有自杀倾向的文人和无自杀倾向的文人这两种，而无自杀倾向的文人，是所有人中最不可能自杀的。”

“你能猜到他被杀的原因吗？”

“说到杀害老师的原因，我可猜不到啊。我不了解别人的事。”

“你和明美小姐的关系呢？”

他似乎不可思议般地注视着如此追问的报社记者的脸，小声嘀咕道：

“要是我们关系好，那么更需要老师活着。因为我们能够在同一个屋檐下生活，都是托老师的福。像我这样没有生活能力的人，如果没有老师，就无法和明美小姐在同一个屋檐下生活。你看一眼明美小姐的表情，似乎就能明白吧。”

“所以，总之你们关系很好吗？”

“如果我回答是，似乎会让全日本的人都深信不疑吧。”

他留下讽刺的微笑起身离去。

最终确定三个嫌疑人：明美、久子和木曾。对此，文作的证词就有了重大意义。但是，因为文作的疏忽，和社会部的伙伴走嘴说了久子的事，所以他很烦闷。因为他们报社在翌日的报纸上，几乎把久子当作重要的嫌疑人来报道。

当日上午十一点三十五分到达车站，从电车上下来的我社矢部文作记者，看到乘坐同班电车前来的安川久子。她在山坡的登山口处翻看大手提包，看似有些心烦意乱，在冥思苦想。

“您是去神田老师家吗?”文作主动搭话。

“是的。”

“那一起去吧。”

“不用了。”她冷淡答道。然后，那仅需花三分钟的路程，久子却晚十五分钟到达。明美出来迎接她，她一副冥思苦想的表情，穿过大厅，被明美带到起居室。扣除十五分钟的三分钟，那十二分钟里，她做了什么呢?

文作看完该报道，紧握报纸，他以一副来打架的架势逼问社会部的编辑部主任。

“我说过她把手提包抱在胸前，站着发呆。但没说她打开包，心烦意乱地翻看包里之类的话。”

“外行闭嘴!”

“拉倒吧。就说我吧，从前也在社会部干了三年。从十五分钟扣除三分钟，十二分钟里就能杀害神田老师吗？我能证明在正午准点前老师还活着。”

“没人说在那十二分钟里她杀害了神田。是说她做了什么——怎么样？”

“短短十二分钟，做什么都过得快。”

“山下也没有弹珠房和咖啡店吧。在只有农田的地方，这十二分钟能干什么呢？”

“好。我这就证明她无罪，你等着瞧！顺便找出犯人。”

他发着无名火跑到外面。首先要保持冷静，他阅读比较每个报社的新闻，似乎他们的看法都对久子不利，如果是自杀，就是久子出去接电话期间。如果是他杀，凶手就是久子。因为无法相信她听不见隔壁房间的枪声，似乎这也是各报社报道的用意。至于某家报社，他们已经认定久子就是凶手，因为半裸的神田试图向她猛扑过来，事先预料到的久子便拿出准备好的手枪，射杀了神田。

“真是荒谬至极。那个楚楚动人的美女怎么会那么机敏呢？西装上不是没有一点污渍，没有一点脏乱吗？面对空手道高手神田兵太郎的袭击，也就只有女猿飞佐助①那样的人物能够如

① 猿飞佐助，相传为日本战国时代的忍者。

此巧妙应对。”

总之，他每天都去神田家，累积已上百次，但却很少能见到神田，大多只是领取了稿件，吃完三明治就回来。即便如此，每天都去，累积百日，这个天数也会让神佛动恻隐之心吧。近来应该没有人像他这样频繁出入神田家。

“首先，需要弄清神田这个作家的生活状态。这似乎只有我能做到。”

他自信满满地仔细想了一下，神田是性无能，同性恋，还是在性方面是正常的？他连这些问题都无法判断。虽然每天都去，但文作只知道：可以说，他完全没有触及神田的真实生活。

★

即使在法医学者之中，也有自杀之说和他杀之说的争论。他杀之说的根据是子弹射入的位置在太阳穴稍后，是从斜后方射入的。但是，并没有确凿证据表明自杀者绝对不可能从此角度发射。

他杀之说的证据反倒是源于当时状况。首先，半裸自杀就很奇怪。更为奇怪的是浴巾盖到脚部。如果不是凶手作案后盖上的话，就只能这么想：自杀那一刻之前浴巾是盖在胸部的，但自杀后滑落，人倒下的时候已经滑落到脚部。

不过，要用手枪自杀，必须单手持枪。如此说来，必须单手按住浴巾，接着要自杀的时候，要像不倒翁的状态般披上浴巾，一边用单手按着一边扣动扳机。这也太奇怪了。

如果长时间神经衰弱的人突然意识不清而决心去死，在一半清醒一半迷糊的状态下扣动扳机，或许是这种令人手忙脚乱的死法，但想象不到他这样一个练习空手道近一个小时后，只洗了十分钟澡的人，会在这之后自杀。如果有心情披上浴巾，似乎更会用心穿上衣服。或者说他这是突然想要自杀？

不得不设想比起自杀，这种连穿衣服工夫都没有的突发状况，更多地出现在他杀场合。但是，这无论如何也无法成为他杀的决定性理由。

更加不合逻辑的是神田在焦急等待着久子的来访。神田让久子在隔壁等他，自己却不露面去自杀，这算怎么回事呢？

关于此事，久子进行了奇怪的申辩。

“我之所以伫立在神社前，是因为神田先生说让我在那等他。”

“何时收到的命令？”

“先生自杀的前一天，大约下午两点，先生打电话到报社。他说有东西要交给我，让我正午左右在神社前等他。”

“为什么没等到正午？”

“因为神田先生家这么近，却在那种地方等他，让我深感不安。我觉得不能偷偷摸摸地做掩人耳目之事，因为临近正午，就不知不觉地去了先生家。”

“交给你的东西是什么？”

“我认为可能是稿件。因为也只能这么想。”

但是，那个稿件不在他卧室（兼书房）。他的家中也没有写到一半的稿件。而且，距离久子所约稿件的截稿日期还早。

尽管久子如此申辩，但神田的样子却不让人觉得他曾做过这样的约定。他焦急等待着久子的来访，却似乎没有自己去往约定场所的迹象。如果他想去，应该会出门的。如果早些洗完澡，应该可以去。然而，他却悠然自得地洗了十分钟的澡，返回卧室后也不想立即穿上衣服，正午后到死之前都是半裸体状态。

“是神田先生本人在电话里说让你在神社前等吗？”

“是神田先生本人。没错。”

但是，没人听到神田给久子打电话的内容。当然，那样的秘密电话也不可能让人听到。

“会不会是他原打算拉着久子一起殉情，突然改变主意才自杀的呢？”

文作推测着上述可能性，但神田这样精力旺盛的作家会殉情，这个想法本身就很奇怪。

还有一件具有决定性指向的怪事。在事发当日的早晨，一个名叫隆子的女佣收到了一封加急信件，信上说“母亲病危，速回”。信在早上七点被送达，隆子九点左右出门。去隆子家坐火车大约要三个小时，可是她回家一看，母亲依然健在，而且确认家里没人寄出过那样的信。

明美和木曾都看了那封加急信件，据说字很丑。隆子说把那封信扔在自己的房间了，但在她的房间和其他地方都没找到。

从目前情况来看，此事最为蹊跷。虽说如此，但也不能证明此事与他杀相关。可以想见，对于犯人来说，似乎女佣在场就很麻烦，但为什么麻烦？完全让人推断不出来。

但是，主张他杀之说的法医学者如此说道：

“至少神田十二点五分或者十分之前还活着。从尸体的情况或解剖的结果来看，在那之后无法想象他还活着。然而，在十二点五分到十分之间打来两次电话。这难道不能是凶手所为吗？”

也就是说，此说法的真正含义似乎认为：十二点五分到十分间打来电话的时候，神田被射杀，这是有预谋而打来的电话。

不过，除了久子，没人听到打来的电话。或许因为没人听到，久子才去接的。假设电话是在十二点五分到十分之间打来的，至少木曾有可能听到第二次打来的电话。

明美和文作走出玄关时，响起正午的汽笛声。二人下山途中与木曾擦肩而过。这中间大约有两分钟的路程。木曾推着自行车上山，即便是上坡路，那之后三四分钟应该能到家。

电话装在靠近厨房处。一般说来，在厨房外劈柴的木曾会听到电话铃声。

“我按普通速率推着自行车爬坡。因为在神社前听到汽笛声，由此判断可能是在十二点五分或六分左右到达侧门。但是，在搬运柴火、劈柴的时候，听不到什么电话声。因为现在大家预料电话会响，所以觉得应该听得见。但我认为在专心劈柴的时候，又是另外一种状况了。”木曾对过来现场调查的人如此说明。

那时，明美似乎突然有所察觉，窥视着木曾说：

“喂，木曾先生。电话铃响了那么长时间，并且还响了两次，但为什么先生没接电话呢？先生可是最讨厌让电话铃长时间响着的。我们在的时候，如果铃声响了三次以上，他就会变脸色，高声斥责大家。如若不然，他就会发疯似的冲过来，拿开听筒。”

此时，木曾觉得实在荒唐可笑，他回答道：

“关于那个声音，十分怪异。我推断不出为何会在那时响起。老师听的收音机节目主要是体育运动类的，偶尔听听新闻类的内容，而在其他时间里，家里的收音机似乎不使用。当然，或许过去也曾偶然或因心血来潮而打开收音机。也许那天正是心血来潮。总之，这也是当日的一个异常现象。”

据明美回忆，这个收音机是神田开始做空手道固定动作时被打开的。据文作回忆，他也认为从自己到达到起身离开期间，收音机一直在响。至少不记得有人关闭后再打开收音机。

“要是平时，我就去室内关掉收音机了，但因为听说当日安川小姐要来，就想到这是为了某种方便而需要如此，便没有管了。我当然知道收音机在响，因为这太异常啦。”

至此又多了一件怪事，但仍然不能成为他杀的确凿证据。最后的遗留问题就是手枪是谁的。明美和木曾都不知道神田持有手枪。

“因为先生卧室的所有抽屉，连壁橱的最深处和先生不知道的地方，我都清楚。这把手枪不是家里的东西。”

明美断言道。但是，也没有确凿的证据能够证明她的说法。

但是，如同各报社商量好的一样，久子无法洗清杀人的嫌疑。不论是自杀，还是他杀，久子没听到枪声就有些令人感到奇怪。如果是他杀，或许为了掩盖枪声而有所行动，但在自杀的情况下，不可能有那样的行动。因此，可以认定听不到枪声是他杀的证据。且言下之意几乎把久子定为凶手。

“混账东西！或许是他杀，但认定安川久子是凶手，简直是无稽之谈。”

文作每次看完报纸就会大发雷霆，以他的能力就算绞尽脑汁，也找不到证明久子无罪的证据。

因此，他决定拜访老友巨势博士，听听他的意见。二人共同出版过同人杂志①，还都是文学青年。

★

“我想你是时候来找我了，因为以你的智商，肯定无能为力啊。”巨势博士兴致勃勃地迎接文作。

“先坐下。为了迎接你的到来，我事先收集了东京所有的报纸，做了该案件的简报，他们像商量好似的，但有些地方缺乏报道。特别是你家报纸更过分啊。你的证词似乎差点让人信

① 同人杂志，指思想、志向相同的人一起编辑发行的杂志。

以为真啊。”

“那当然了，因为我亲自在现场看到的。”

因为文作气势汹汹，巨势博士就没有触其逆鳞。

“每家报纸都没有调查关于你到神田家之前发生的事情。”

“无须调查我到之前的事情。因为直到我起身离开的瞬间，神田兵太郎先生还活着。”

“不，不，不管他是生是死，神田家发生异常后的事情都必须彻底调查。”

“所谓的异常是指？”

“比如说收音机，还有之前女佣收到的信。还有更早的神田先生打给久子小姐的电话。因为那是案发前一天下午两点，所以至少要追溯到那时，必须细致地调查那之后每个人的动态情况。”

“真是悠闲的侦探啊。”

“书生木曾当日外出去哪里采购，只有一家报纸在调查他的不在场证明。据他们的调查，木曾外出到距F站有七英里①的Q站的超市，购买了洋烟、洋酒及其他物品。他购买胶卷的照相馆店员给出如下证言：大概是在十一点左右看到木曾先

---

① 七英里，约为11.265千米。

生。他把冲洗好的胶卷和新胶卷塞进衣袋里，闲聊四五分钟后骑自行车离开了。Q站到F站骑自行车要三四十分钟。当然，要是赛车选手，或许二十分钟内能够飞速抵达，但按最正常的情况考虑，可以认为木曾这一时刻在Q站购物，这和他自身的证词相吻合。”

“木曾行动中的可疑之处，就是在坡道与我们擦肩而过后的几分钟。”

“这是各报纸都在议论之事。我目前正在思考各家报社的调查纰漏——当然，各家报社的调查纰漏或许也是你的调查纰漏，所以即便问你，也不得要领吧。把你十一点三十五分从F站下车以后的事情说给我听吧。”

“除了在神社前与安川久子交谈外，没有特别的事情。”

“在神田家呢？”

“按下呼叫铃后，明美小姐出现了，并把我带到大厅。明美小姐从壁炉台上取下稿件，给我拿来三明治和咖啡，于是我们俩就吃那些食物……”

“明美小姐也吃了？”

“是的，那是每天的惯例。因为神田先生的就餐时间不规律，和他吃不到一块去，所以明美小姐就等我一起吃三明治、喝咖啡。要是往常，都是女佣端上来，但那日是明美小姐自己端到跟前的。过了大约十分钟，几乎吃光三明治的时候，因为浴室里的神田先生喊着要浴巾，明美小姐就离开了座位。”

“在此之前都和你在一起，是吧？”

“是的。除了去餐厅取三明治离开了一会儿，接着神田先生洗完澡，从明美小姐那里接过浴巾裹在身上。”

“你看到了吗？”

“傻瓜！有人会偷看别人家的浴室吗？神田先生吹着口哨跑进卧室，明美也返回大厅。那时明美神情不悦，说老师在焦急等候，她问我是不是和安川小姐同坐电车来的。看起来那个美女就是安川小姐吧。正想这些的时候，安川小姐到了。明美小姐把安川小姐带到起居室。突然在卧室里的神田大声叫明美小姐，但明美小姐只是探头进去。”

“是只把头伸进房间里吧。”

“是的，老师对明美说‘你去散步吧’。”

“太过分了。你也听见了吧？”

“因为那个声音很低沉，我没听清，但是明美小姐砰的一声关上门，生着气回来后催我去外面。接着就听到了正午的汽笛声。”

“也就是说，你没见到神田先生吧。”

“拜访的一百日中，得以见其真颜的有三十天左右。他是出了名的讨厌交际。"

"是因为你并不是同性恋吧。"

"拉倒吧。"

"哎，我跟你说，虽然各家报社都在饶有趣味地大书特书神田兵太郎先生的性生活，但实际上都只不过是想象而已。而且想当然地认为神田先生乱花钱，没有存一分钱。对于局外人来说，神田先生的饮食生活和性生活或许很神秘，但是他会乱花钱到花光一千万日元年收入的程度吗？他是出了名的吝啬，却不存一分钱，这不是很奇怪吗？"

"浪荡之人的生活就是如此。"

"但是，安川久子小姐也说了。和先生聊私事仅限于案发前一天的电话。各家报社拼命调查，结果也都没能成功从她的私生活中揭露其阴暗面。另一方面，毛利明美也声称神田似乎没有其他的情人。"

"出轨是不会让人知道的，特别是要瞒着老婆呢。"

"你们忽略了最重要的信息。越是深入调查安川久子小姐，不是越看清这可怜女孩的本来面目了吗？为什么不愿意完全相信久子小姐呢？最大的一个原因就是你的存在。似乎你自己没有意识到，安川久子小姐被各家报社当成凶手，其最大的依据就是因为矢部文作你这个报社记者的证词——那个十一点四十五分到十二点之间的难以撼动的证词。”

“这一点我也多次承认。就因为我说了她伫立在神社前。”

“不，不是指这个。你到神田家后，也就是从十一点四十五分到正午。你并非见到了神田先生。但是，你，还有人们都深信你见到了神田先生。”

“神田先生确实还活着啊。我清楚地听到他的声音。”

“是，是，你是听到声音了，还有口哨和淋浴声。但是，安川久子小姐却坚持说没听见枪声。那日的异常都是声音。收音机也是如此。视觉方面则没有异常。接下来，如果你完全相信安川小姐，你认为会得出怎样的结论？换言之，也就是说无论收音机再怎么有杂音，都不可能让人漏听掉隔壁房间的枪声。她连大厅的电话声音都没漏听。不论怎样的瞬间，如此的她怎么会漏听掉隔壁房间的枪声呢？如此一来，结论不是很清楚了吗？也就是说用手枪射杀神田是在她到达神田家之前。”

“我在大厅期间，也没听到什么枪声啊。”

“如果是这样，那用手枪射杀一定在那之前。”

“但是，明美不是和神田先生交谈了吗？”

“能和死人交谈的一定是凶手。最近有种叫作磁带录音机的东西，在全国各地十分流行。① 如果用收音机的杂音掩盖，再用磁带录音机录的声音替代原声已不是什么难事啦。”

巨势博士对呆若木鸡的文作温柔说道：

“哎，我说你，为了那个楚楚动人的安川久子小姐那么拼命，却为何不愿完全相信她的证词呢？这就是报社记者的自负啊，因为深信不能怀疑自己的经验。当一瞬间在高空闪耀之时，爱是和神相同之物。如果像信奉神明一般相信安川久子小姐，然后认识到因为是她的证词，那比自己的经验更宝贵，你应该会毫不费力地揭开这个案件的谜底。找到真正的凶手，似乎和迷恋她是一回事。而真相和结果似乎相同。所以，比起做侦探，我更忙着向美女致敬呢。”

巨势博士把文作搁在一边，抓起帽子，跑去幽会了。

通过文作后来的努力，明美的罪行被揭露。她自看透神田先生对安川久子开始动心以来，就谋划杀害神田先生，夺取他的全部财产。她得知神田先生打电话叫来久子后，就让女佣和书生外出。在文作到来的一小时之前，她就杀害了沐浴中的神田先生，用事先准备好的磁带录音机让人以为是正午以后才出

① 《正午杀人》创作于20世纪50年代初期，首次发表于1953年8月1日发行的《小说新潮》杂志。1950年日本成功研制出本国的磁带录音机，并于同年开始大量生产。该小说的创作时期正是日本磁带录音机开始大量出现在市场上的时候。——编者注

现的杀人事件，巧妙地制造了不在场证明。

难得文作那么勤奋努力，但很可怜，似乎他没能和楚楚动人的美女有进一步的发展。

无影犯人

拒绝诊断卷

在这座温泉城市，大概前山别墅是最大的了。别墅旁边就是并木医院。那天晚上，医院里召开了重要会议。与会三人都是被尊为先生的人：主人并木先生（五十五岁）、剑术师牛久玄斋先生（七十岁）、一刀雕①的木雕家石川狂六先生（五十岁）。

“就因为你走嘴说了蠢话，事情才变成这个样子。”并木先生用可能杀死对方的眼神怒视着狂六。狂六被那个恐怖的眼神吓得发抖。

“别胡说！你的眼神能杀人。无论是谁，看了那个眼神都会觉得仿佛被下了毒。可别把我毒死了。”

“你说什么？我可记住了。”

“算了，算了，别内讧了。”不愧是当中最年长的玄斋，一声令下就收到成效。他通过剑术练就了岩石般的身体、朝气蓬勃的声音及端正的身姿。他有着令人神往的威严。狂六边挠头边嘟囔着：

“但是，说起来都怪我。我嘴快，走嘴说了奇怪的话，或许这些都是事实，可你们最近样子有些怪啊，已经失去昔日红光满面的大人物之风采，总觉得你们心怀叵测。我认为怪我口误太过分了。”

他大概惧怕敌人的杀气，摆出一副靠近就逃的架势。

事情的起因还得从前山家主人莫名得病说起。前山家人认

① 一刀雕，充分利用刻刀刀痕，手法简朴的雕刻方法，亦指简朴的雕刻物。

为一定是并木先生给他喝了毒药，以至拒绝其诊断，还从别处请来医生。

要说前山家为何如此考虑，是因为并木先生曾有过强烈的愿望，想借用这宽敞的别墅建医学旅馆。温泉原本是为病人准备的。然而，如今的温泉旅馆服务的全是健康人。不过，在并木看来，所有人都是病人。不存在没病的人，他们只是不知道自己的病而已。

如果在此经营医学温泉旅馆，住宿的客人就能接受名医的诊断，发现自己的病，接受适当的治疗，周末在此疗养一天再回去的话，他们一定会深感幸运。此后听闻此消息前来的顾客会络绎不绝，生意可能会很兴隆。狂六听后，当即付之一笑。

"没有闲人会来温泉旅馆看病的。首先，你有那种想法，是不是因为最近你的名声不好，患者不来了？于是一心想开间新奇且别出心裁的旅馆赚钱？可是，你却说为了社会、为了他人而开设旅馆，简直笑死人了。那个旅馆即使再别出心裁，能赚钱吗？即便是我，也很需要钱，所以如果真有赚钱的事，我会马上'扑'过去。租借别墅开旅馆，普通的旅馆不就挺好吗？为什么需要你这个庸医在那个旅馆给客人诊断呢？完全是在捣乱。幽灵什么的都比你出现管用。不过怎么说呢，你出现虽然让人感到麻烦，但玄斋先生出现的话，或许是个良策。"

狂六这么说的时候，不禁为自己偶然的妙想拍案叫绝。他面红耳赤地叫道：

“对啊。咱们三个开旅馆吧。如果玄斋先生以他那端正的身姿在门口恭敬地迎接客人，默默地将额头贴到榻榻米上，说声‘欢迎光临’，那可太绝了。虽说作为掌柜，这有些对不住你，但这也是你这个掌柜的独特风格嘛。但旅行毕竟是关乎心情的。如果觉得叫你掌柜不好听，因为酒馆有雇佣的老板娘，那叫雇佣老板好了。虽说玄斋先生已七十岁了，但越老越有魅力了。我觉得他从几年前就有十六七岁少年的春心了。这可能就是剑术的奥妙之处。年轻时孜孜不倦练剑的辛劳，似乎到了老年就散发出年轻武士般的魅力，令人得以重生。我觉得他很招年轻女孩儿喜欢。说不定可以交往上十七八岁的女学生作为恋人。我似乎有那种预感。”

狂六并非在开玩笑。他天生有这些毛病：轻率地相信、轻率地感动、轻率地说走嘴。玄斋因为国家禁止剑术而一贫如洗，狂六使劲吹捧他，已倾其所能。

“哎，三人一起开旅馆吧。我什么都能做，哪怕去车站拉客。并木先生负责澡堂吧。如果你去给客人搓背，就容易生气而造成误诊，所以还是在澡堂里调节水温吧。”

且说狂六走嘴说漏下面的话，是当前重大问题的关键。

“不过呢，前山一作死之前是决不会把别墅租给我们的。所以希望他尽快死。因为如此一来，还有额外收益。花子夫人真是绝世美女啊。哎，两位先生表情很奇怪啊。你们也都知道，喜欢她的不止我一个。在两位先生衰老的内心中，熔岩在剧烈地翻滚吧。仔细端详，医生和剑术师两位先生实在是可悲。因为你们比我更落魄，为钱所累，为女人而累，真是白活了。就算医生给前田先生下毒，剑术师深夜将前田先生砍成两截，我也不解恨。莫如说我爱着她呢。”

听者如果只是两位先生倒还好，但前田一作先生的长子光一，这个游手好闲的青年也在场。光一不是花子的孩子。花子是前田一作的继室，只有二十八岁，比光一大三岁。

光一因为骨结核打着石膏，却还是买回来拳击手套，埋头学习格斗，某天又突然下决心开始学习绘画和法语，诸如此类。他是个完全没有逻辑的青年。

然而，即便他再胡来，前山一作这个人毕竟是他的父亲。想要毒死一作先生，将其砍成两截，这些话即便是生性草率的狂六说出来，也太过了。如果再听听下面的话，就会有理由相信确实如此。

“啊，光一君，我知道的。觊觎花子夫人的，可不止这三位先生。因为遗孀也是老爷子遗产的一部分，你是不是也深信

‘继承’也理所当然啊？”

“我当然赞成先生的说法。她是罕见的美女，配老爷子太可惜了。而且她还是很有魅力的女性。但她却没有意识到自己的轻佻。”

关于女性，光一是个不知羞辱的审美专家。他虽没有背叛老朋友的想法，但是在传达实情方面（也就是说那个实情也合乎他意），不仅当着妹妹麻里子的面，甚至在当事人花子面前，也会一五一十地报告三位先生的言论。

“哈哈哈，太有趣了。结果还是狂六先生最纯情、最狡猾。不说自己怎么做，只说并木先生下毒、玄斋先生深夜将人砍成两截。”

如果至此完结也就罢了，但之后没多久，一作先生就得了原因不明的病，意识不清，卧床不起。因此，贞女花子夫人很生气，下令禁止并木先生进入家中，并从别处请来医生。

光一借着报告此事的机会，拜访了三位先生。基于传达实情的喜悦，他坦率地把事情的始末全盘托出。而后，不知是出于安慰三位先生之意，还是因传达实情的喜悦，他总结如下：

“总之，她目前是个贞女，确实是个贞女。因为她还没有意识到自己的本来面目。总之，仅此而已。您是说期待后续吗？哈哈，真讨厌。”

自寻烦恼卷

并木医生被前山家禁止入内，这不仅仅意味着失去了一位老主顾。

并木医院的房屋是前山家的。前山家的上一代主人因为苦于哮喘之类的宿疾，所以给并木医生出学费，让他从医学院毕业，并在别墅旁边给他建了医院。因此，他担心一旦被前山家禁止出入，不仅会失去作为医生的信誉和作为人的信用，也必将失去医生的招牌和住处。

因此，并木医生马上召集了两人，开始三方会谈。此事对于其他两位先生，也不是什么好消息。因为，无论是剑术先生，还是雕刻先生，都在前山家的府邸内起居。这是因为前山家的上一代主人，为了治愈哮喘，立志修炼剑术，在别墅内建了剑术道场①，让神阴流②派的高手玄斋先生住在那里。据说是因为读了话本小说，了解到平手酒造③似乎是肺病患者，但书中并未出现有哮喘的剑术师。那么说来，或许剑术对治疗哮

---

① 道场，日本人修炼武艺、锻炼身心的场所。——编者注

② 神阴流，日本剑术流派。正式名称为鹿岛神传直心影流。为江户时代后期日本影响最大的剑术流派。——编者注

③ 平手酒造，本名为平田深喜。江户末期的剑客，剑术高超，患有肺病。

喘有效，因此决心练习。

而一作先生从小就跛脚，身体虚弱无法从事繁重的工作，因此赚钱主要靠父，自己却热衷于风流之道。所以便叫来其小学、初中同学狂六先生，并在别墅内为他建了雕刻室。

因为这场战争①，前田家的主宅被烧毁，而其他别墅和土地大多因为财产税而转手他人，如今只剩下这栋别墅。幸亏还有这栋别墅，尽管玄斋、狂六两位先生几乎没有收入，但总算在这难以生活的乱世中活到今日。基于这种状况，如果禁止并木医生入内之事变得更加糟糕，他们担心会失去唯一的安居之所。

当得知或许会被赶出别墅后，最受打击的是神阴流派的玄斋先生。

正如大家所知，战败后剑术被禁，神阴流派非但一文不值，玄斋此人也好似民主主义的仇敌，连孩子和妻子都瞧不起他。

狂六提议共同经营旅馆，嚷着雇佣仪表堂堂的玄斋当老板，定能成天下第一的旅馆。此时，玄斋为其洞察力深感佩服且暗自狂喜。从那一刻起，玄斋就对雇佣老板仪表堂堂的风姿

① 此处疑指太平洋战争。

着迷，眼中总会浮现自己当老板时威风凛凛的模样。

玄斋除了神阴流派外，还兼具里千家①流派和梅若流②派的修养，那是因为他打小就很讲究穿着，或许是那个原因，他对各国的纺织品很了解。此外，他还有收集布料的爱好，这对战败后的生活有很大帮助，他手里收集了一些明治、江户、室町时代的物件。这并不是为了自己的爱好，他从前就在剑术主顾处做生意，高价推销这些布料。

幸好手里还有旧的藏青色碎白花纹的萨摩产的上等麻布，再挂上花色木棉的里子——这在落语③中或许会被嘲笑。但这种质地粗糙的衣服，不正是通达人情的雇佣老板的装束吗？简直令人神往。他静静地在铺着地板的房间双手着地，贴着额头，道一声“欢迎光临”，发音时尽量将舌头卷住，不发出最后的音。

狂六不是说过嘛，他虽已七十，却愈发年轻，有着十七八岁小伙子般满含春心的青春神色。连他自己近来都感觉到那种

① 里千家，日本茶道流派。为日本茶道中最大的流派，日本茶人千利休被奉为创派之祖。——编者注

② 梅若流，日本能乐流派。1921 年由梅若万三郎等人创立，1954 年归入观世流派别。——编者注

③ 落语，日本的一种曲艺，以诙谐的语句加上动作，再以有趣的结尾逗观众发笑。类似中国的单口相声。

青春感，总觉得有些奇怪。如此说来，连人们都察觉出这十七八岁小伙子的青春感呢。或许这就是神阴流派的奇迹。在日本战败后，他也停止挥舞竹剑，在此之前哪怕一天都不曾停歇。因此，可能是精气神闷在体内，以至由内而发。他虽已七十，但返老还童，变得像十七八岁的小伙子。啊，这是奇迹吗？真是神奇啊。

“通过练剑锻炼的身体，即使不注射非洛滂①，也能重返年轻活力。被女学生喜欢也不错啊，我对体力很有自信。”

他最近很期待照镜子，很想仔细端详镜子中的自己。虽然哪里都是平淡无奇，但看哪都很满意。自己身体的所有部位全都通过镜子重新认识了一番，他感到很满意。然而，别说旅馆开业了，由于很有可能被赶出别墅，所以玄斋违反神阴流派的奥义精神，震惊众人也实属无奈。充满活力的老人也凄惨地变得萎靡不振。

“事实上不能认为这是狂六先生的重大失言。不过，狂六先生深刻理解时代，如同新时代的人也理解狂六先生一样，所以请先生帮帮他。”

“什么？我帮他？剑术先生，不要说些奇奇怪怪的话。你

① 非洛滂，1941 年日本研制的刺激性兴奋剂，曾作为强壮剂在市场上销售。

最近是不是有些不对劲啊？你妻子也说了。你每天要照二三十回镜子。”

“不，那是武术的奥秘。”

“是吗，照镜子是？”

“很多神社的神体大都是神镜，镜子、玉器和剑都是一体的。这是武术的奥秘，鄙人返老还童即是通过这个三位一体……”

“哈哈，如此说来，先生是因为我说了你有如十七八岁小伙子的魅力，所以才沉浸在妄想中的吧？”

“哪里的话！”

“看，不是脸红了吗？事实胜于雄辩。嘿嘿，竟厚着脸皮谈论三位一体。你也比想象中能说会道嘛。”

“哪有，我已经被时代抛弃，无依无靠。请先生务必帮忙。”

“原来如此啊。不愧是掌握了武艺的精髓，能随意转变，而且还以如此神奇的口吻讲话。我听别人说你身为剑客的同时，还在做古董中间商，以前在积累钱财方面很出名，也是追求女人的高手，看来都是真的啦。”

“岂敢岂敢。”

“其实啊，先生，我欣赏你的神奇话术，有事拜托你。总之，我说起话来就很轻率，特别是在美女面前口齿不清。老实说，我三四年前考虑试着用体毛做毛笔，很不错吧。哎呀，这个吧，不能拔掉还在生长的体毛做毛笔，类似自然脱落的毛正合适。因此，作为毕生心愿，我想收集崇拜的美女的体毛来做一支笔，但我又不能对花子夫人说那样的无礼之事。哎，我这个人吧，太轻率，所以担心无意间走嘴说出真相。你能不能拜托花子夫人施予些恩惠，让我每日早晚收集她起居室和卧室的垃圾呢？”

“你马上要面临被驱逐的危险，还能拜托那样的事情吗？”

“哦，是吗？”

“但这种乐观正是狂六的人生价值所在啊。我们的思想已经陈旧，还要靠先生的新思想来解决此次危机。”

不愧为神阴流派的高手，玄斋懂得轻重缓急。他并没有像并木一样，对狂六的失言进行责难。结果，利用神阴流派的奥秘，狂六被步步紧逼，即便不情愿，他也必须要孤军奋战到底。于是，狂六请光一引荐，与花子夫人秘密会谈。

“总之，下毒和砍成两截都是我的失言之语，并非当事人那么说过。”

“但是呢，简言之，不是你说中了他们的心事吗？即便是我，也有那种强烈的真实感受。”

“住嘴！不许插话，你退席吧。”

“我可是观察员哦。在这混乱时代的奇怪的混居家族，明智的我不能放任你单独与贞淑的良家妇女会谈。”

“别乱说。语无伦次的人不是你吗？”

“喂，妈妈，这个人呢，在到处收集吉普女郎店中的房间里女性掉落的体毛，用来做毛笔。因此他拜托我每日早晚帮他打扫妈妈的起居室和卧室的垃圾，收集体毛……”

“住嘴，我只说旅行之地所在旅馆的，可没说吉普女郎店。你太失礼了。”

“你没在吉普女郎店之外住过吧？例如在热海，你住哪了？或许只知道系川吧。”

“我让你住嘴，你可以行使缄默权。”

“你说反了吧。这个时候应该是你行使缄默权吧。”

“别吵了，你们不清楚为何而来吗？说真的，那个并木医生的问题，说什么毒死前山，都是无稽之谈。因为原本医生就熟悉毒药，知道如果毒杀，杀人之事势必会败露。所以毒杀是外行用的手法，我在读侦探小说——当然也有两三例医生用毒杀手法的——如此说来，还是有些的。之前读过的忘记了。因为夫人也爱读侦探小说，可骗不过您啊。”

“我之所以拒绝并木医生，是因为他医术不高明。即便再爱读侦探小说，也没想到先生居然给前山下毒啊。”

“那么，是洗脱嫌疑了吗？”

“狂六先生，稳重点！连我都不好意思了。”

“是吗？因为医术不高明。总之，这是决定性因素。”

“是啊，的确没啥可抱怨的。”

“嗯，因为他是庸医。可为什么这家的父辈给他交学费呢？这也是徒劳啊。”

“你的一刀雕本领不也类似吗？肯定有人说在做无用功。”

“不要说了，你烦死了。这不正和你交谈吗？如果和你聊天，只要不这么强词夺理，任何时候都可以。但今天完全不行。夫人，失礼了。”

杠费了狂六的苦心，他只好走开。

杀人事件卷

然而，一作先生大概卧病在床一个月后，原因不明地死了。

“总觉得很奇怪啊。作为主治医生，对这个结果很不满意，没能查明病因。最初因为是高血压，所以就认为目前并无大碍。可是……”

太田医生对光一流露出疑虑。他代替并木医生给前山诊断。

“那么，意味着他杀吗?”

“不，并非如此。总之，我只是说或许应该解剖确认病因。”

虽然太田医生蒙混了过去——并不是真的蒙混过去了，但是因为光一不停地追问，演变成看似蒙混过去了的结果。

“我说，大夫，如果用某种特殊的药，即便让专业医生判断，都不能从外部辨别是否是毒杀，那会是什么药呢?”

“在日本，难以想象会用那些难以获得的药品进行毒杀。”

“为什么? 战败国连毒药都不会用了吗?”

“因为，一般说来，外行不具备熟练使用那些药品的生活和知识的基础。”

“不能偷偷学吗? 比如，传言日本人的读写教育的普及程度世界第一，如果那种毒杀的方法被文字记录后公开，即便那样，还能说日本人不具有熟练使用毒药的生活基础吗?”

“那些毒药一般很难获得。”

“为了杀人，犯人必定会费力得到吧。”

“总之，这不是凶杀。”

“为什么?”

“事到如今，为时已晚，因为没解剖。”

太田得出上述结论。

因为交谈的对象是光一，这个谈话内容自然转瞬间就众人皆知了。虽说如此，但警察并没有开始行动，住在前山家中的人怀疑各种人，很是辛苦。

“果真下手了吗？因为即便是庸医，可还是医生无疑。那么说来，比起让人活命的药，杀人的药似乎更容易调配。”

狂六如此想着。自不必说，很多疑点主要集中在并木身上。

“自从患者显著减少后，医生的眼神就有些可怕。他是不是疯了？”

大家观察后这么认为。

不过，并木医生并不在乎街谈巷议。那么凶手是谁呢？长子光一最可疑，但玄斋和狂六也并非常人，所以做出什么奇怪的事也不足为奇。如此想来，太田会怀疑很多人，但奇怪的是，并木虽为医生，却不考虑何人“用什么样的药品杀人”，而只是热衷于何人“出于何种心理犯罪”的心理探究。

因此，狂六对并木说：

“太奇怪了，你也是医生吧。可为何不考虑是谁用何种药品杀人呢？总之，你不想考虑这些问题。于是，你岔开话题引向心理问题，蒙混过去。归根结底是因为人是你杀的吧。”

即便被这样说，并木医生如同被其他人说了一样，完全不为所动，总是一副类似旁观者的表情，露出平静的笑容。

“你就和我坦白吧。你也会轻松些。因为我曾向神佛保证会敬重杀害一作先生之人。”

“这个罪犯性欲很强。你性欲也很强。玄斋先生虽然身为七十岁的老人，但那方面犹如三四十岁的壮年啊。”

“你在医学院学了什么？无论再怎么蒙混过关，医生也有医生无可推卸的责任。”

并木说道：“这里有个例子，玄斋先生是这样想的。他认为取悦女性，最好的方法就是追求她。这是老人看透人生后的一个领悟，是饱经风霜者的见解。于是玄斋先生向花子夫人示爱，因为花子夫人如扶风弱柳般躲闪，她被风一吹，是微风，和风吹拂，柳枝轻摆。极具风情。”

“这个老爷子在说什么呢？总感觉他神志失常。但我还是初次听说玄斋先生示爱。那个老爷子啊，最近确实出奇地性感，很有可能在追求花子夫人。因为他说过凭借剑的奥秘能做到缓急自如、步步紧逼，很奇妙。”

“不过，除了玄斋先生外，还有一个稍有年纪之人向花子夫人求爱。他是个艺术家，做雕刻的。但他光着急，言谈却很无趣。”

“哎呀，你知道了？太令人吃惊了。从谁那听来的？”

“总之，这是性欲的问题。性欲强的人如果向女人求爱，结果会演变成杀人事件。”

“拉倒吧，一定是藏在暗处，连女人都不会追求之人下的毒。”

在众人忙乱期间，花子夫人隐藏了行踪。听说她有了情人，在东京组建了家庭。

在隐藏行踪前，她叫来旧货商，卖掉了很多值钱的东西。前山家是富裕之家，有很多值钱的书画和古董。在东京的主宅所藏的宝物，在宅子被烧前，事先被转移到了别墅，所以全都保留了下来。花子夫人卖掉的只是其中的一小部分，从整体来看，似乎微不足道，但据说她从旧货商那里收到三四百万日元。光一知道继母卖掉一部分宝物，却不管不问。不，还不止如此。他很早就知道继母有情人，却视而不见。

“因为妈妈还年轻呢，而且还那么漂亮。被我这样的青年叫妈妈，也是可怜。希望让她变为一个普通女人。啊哈哈。”

他出奇地说着通情达理的话。于是狂六眼睛一亮。

“嗯，如此说来，杀害前山一作先生的犯人或许是个绝世美女。要是那样，也就没什么可抱怨的了。”

“你最好不要再武断地推理了。或许根本就没有什么杀人事件。”

“拉倒吧，你刚才说话不是很通情达理吗？我也疏忽了。忘了这个凶手的高明之处。总之，凶手为了让医生诊断也判断不出死因，他巧妙地杀害了一作先生。太厉害了。不能忘记这厉害手段。且为了制造有其他凶手的状况，而拒绝并木医生诊断，这简直是艺术杰作。想着自己会不会被赶出这个家，紧张得冒汗，真是太愚蠢了。像并木医生、玄斋先生这样的人，不可能会用如此艺术性的方式杀人。”

“哈哈哈。似乎比一刀雕的雕刻更杰出啊。”

“别狂妄自大了。”

然而，某日光一的妹妹麻里子急着去公司上班的时候，恰巧遇到早晨散步的哥哥。她对并肩而行的哥哥说道：

“毒杀爸爸的是哥哥你吧？”

“别胡说。”

“引导继母找情人，让她离家出走，暗中出主意的都是哥哥你吧。继母的情人不是你的流氓朋友吗？”

“是吗？”

“佯装不知啊。哥哥你真是太贪心了啊。如此机关算尽，是想得到财产吗？”

“我也和你说几句。毒杀爸爸的人，不是令人意想不到的麻里子吗？好了，谁是凶手都无所谓。下次，为了独占财产，就必须杀掉我了吧。”

“彼此彼此。别为了独占遗产杀了我啊。”

“我们都不要说了。”

随后，兄妹二人缄口不言，分走左右两侧。总之，似乎无法推断出谁是凶手。而且，简言之，对谁是凶手都感到无所谓，这样异常冷漠的时代似乎已经到来。或许是因为感受到战争这种巨大的杀戮在迫近，或许现在所有的事物都已毫无逻辑可言。

通灵杀人事件

伊势崎九太夫某日接受了两位美女的奇怪委托——参加通灵术的实验，帮她们识破骗局。九太夫现为旅馆老板，但曾因魔术师身份而闻名。在魔术师看来，通灵术一类的东西是极其幼稚的戏法，因为在暗处操作，不过是凭借众多诀窍和机关能骗到外行的骗术。因为曾一度在热海的旅馆等处流行邀请通灵师举办实验会，九太夫跟对方较量，假称自己这是“兼具诀窍和机关的通灵术实验会”，运用魔术师自有的方法当场巧妙地表演了许多心灵现象。魔术师是在光天化日之下、在众多观众眼前表演魔术。在他们看来，于暗处表演奇异现象实在是轻而易举之事。因为九太夫有这样的经历，即便有委托让其识破通灵术的骗术，他也不意外，但是以个人名义前来委托此类事情就有些让人感到奇怪了。

“您是因家人痴迷通灵术而感到困扰吗？”

“嗯，是的。父亲说想要见战死的儿子（我们的哥哥）的灵魂，某个通灵术的结果是说免不了要去趟缅甸。”

“他是在缅甸战死的吧？”

“不，父亲坚信哥哥没死，还活着。这是因为据说大约一个月前，哥哥的幽灵出现，和父亲说他与当地女子结婚，并有了两个孩子，拜托父亲多关照。父亲说哥哥患上疟疾才会如此消瘦，大概幽灵出现之时定已死去，所以想去缅甸领回孙子，跟随通灵师想要唤出哥哥的灵魂，从而知晓那个地方和女人的名字。”

“是吗？但是，通灵术暂且不论，似乎常有临终时灵魂显现的事。因此，或许您哥哥一个月前还活着，定居在缅甸。”

“或许是那样的。不过，如果他真会在弥留之际以灵魂前来告知，那么这九年里应该至少会写封信来吧。我想这或许只是父亲的梦吧。”

“原来如此，或许是错觉吧。但如果基于那样的理由，令尊想见儿子的灵魂，想知晓当地和女人的名字，想领回孙子，岂不是可怜？为了让令尊满意，悄然行事如何？”

于是，姐姐模样的女人窃笑起来。

“或许世间人情确实如此，但在我们整个家族就是荒唐。孩子出生后，父亲就放任不管，不曾有过好好照顾亲生孩子般的举动。但他却要领回缅甸的混血儿，这太滑稽了。令人不愉快吧。如果出于真心，那简直是发疯了。还是他认为缅甸的混血儿就如同饲养狮子或山猫一样不用花钱，可以随自己的心情放养？总之，这对于我们来说很不愉快。”

“请问，令尊高姓大名？”

“放高利贷的后闲仙七。父亲因冷酷无情而广为人知，对自己的孩子也是如此。”

“那千石旅馆的掌柜‘一寸法师’①辰男是你们的弟弟吗？”

“不是，是我们的哥哥。那是二哥，死的是大哥。因为我们二人已经出嫁，不需要工作了，但‘一寸法师’哥哥还在那做着揽客的掌柜，最小的妹妹在做时装模特。”

姐姐苦笑着说这些话时，妹妹饶有兴致地微笑着。

---

① 一寸法师，日本民间故事《一寸法师》中的主人公。此处指人物身材矮小却力大无比。

听闻后闲仙七的名字，九太夫心想原来如此，若是这样，事情就讲得通了。但是，内心还是对后闲家这些奇怪的兄妹感到惊讶。最奇怪的就是四个兄妹的相貌全然不同。姐姐胜美是瓜子脸的美女，二女儿绿是圆脸的美女，无论眼睛，还是鼻子，都没有共同点。胜美樱桃小口下唇突出，绿则时而放声大笑。前几年在热海举办某选美大赛时，九太夫也去观摩了，所以认识了做时装模特的小女儿丝子，她长着像哈巴狗那样的脸——五官密密地集中在一起，并不漂亮，但却妩媚可爱。当时好像得了选美大赛的第三名。“一寸法师”辰男长着西乡隆盛①那紧锁眉头般的大脸，从脖子到脚的长度仅是脸长的两倍左右。他拎着客人的皮箱擦着地面走，似乎有股傻力气，双手拎几个大皮箱也不露倦容。

一般来说，大多数对他人冷酷无情的人只会与父母或子女有着很深的感情。或许只有血缘的联系才是自己的“城堡”“安居之地”。但后闲仙七却是个例外，他虽手握巨额财富，却让自己的儿子“一寸法师”做着旅馆的揽客掌柜。

二女儿绿嫁给了岸井旅馆的儿子，但因前几年热海的大火蔓延，旅馆被烧。那时绿的公公前来哀求，想借重建旅馆的资

① 西乡隆盛（1828—1877），日本近代政治家。在江户末期领导萨摩藩的倒幕运动。

金，仙七认为放债也是买卖，所以借钱倒是可以，但要求他抵押新建的房屋，并如此这般要求对方按照规矩支付高额利息，丝毫没有要让利的意思，因此两人以争吵收场。因为胜美和绿都是罕见的美女，能够理所当然地在婆家生活，要不然定会脸上无光，难以待在婆家。仙七好像生来不知道亲戚间的交往这回事，冷血至此种程度，却还有人因此非常认可仙七这个人物。

仙七确认好众人对通灵师的评价后，决定从大和国请来通灵师吉田八十松。他名气很大，号称日本第一。因为施展通灵术需要大型道具，从遥远的大和国运送过来，通灵师的旅居费、报酬等也要花费两万多日元。如果不是高额利息而还回来的钱，仙七不会出一分钱。如今他却声称为了从缅甸找回混血儿的孙子，为了召唤儿子的灵魂，不惜花费两万多日元。他还会视情况去缅甸领回孙子。比起在产科医院让女子为其生个孙子多花几百几千倍的钱，他不惜花费巨资究竟所为何事？儿子“一寸法师”和三个女儿比别人更对此深感诧异。这也情有可原。这该不是仙七为了让其子女得不到一分钱，而想出的计谋吧？他们如此怀疑也不无道理。

“我们是没指望花父亲一分钱，但这个计谋太令人生气了。想要故意气他，揭穿通灵术的机关，抢先下手。当然父亲见哥哥灵魂之日，只有父亲自己可以见到，我们是见不到的。光凭这些，我们四兄妹不能信服。择日召开由我们兄妹主办的实验会，邀请父亲出席，此事已征得他的同意。当然，条件就是为此产生的费用、多出的旅居费肯定由我们负担，通灵师的旅费和大型道具的运费也由我们负担一半。因为是和父亲谈判，这点事还是有思想准备的，如果是为了比父亲抢先一步，我和妹夫们都很愿意出这笔钱。我们也为您准备了丰厚的酬劳，所以恳请您务必参加，拆穿通灵术的把戏。”

“是吗？那我明白了。我大概会因嘲弄对方的想法而顺便出席，有人说如果那个魔术师到场，就终止今天的实验的话。我似乎是被人厌恶了。但幸运的是，大和国的吉田八十松还没见过我。我不知道他是不是日本第一，但确实是备受好评的通灵师。好吧，如您所言，我前往拆穿把戏，之后我再重现他的表演给大家看，但要是被吉田八十松察觉，他就不会登台表演了，所以为了让他不用担心魔术师伊势崎九太夫会到来，就说我是痴迷通灵术的某某，请加以斟酌地介绍。”

如此，当日九太夫也出席实验会之事就定了下来。在九太夫看来，他已经失去了识破通灵术把戏的兴趣，但是后闲仙七一家的血缘关系与金钱交织的一幕让他兴趣盎然。即便眼前的姐妹天生貌美，有些气质且温柔优雅，但是本性究竟如何？胜美言语间透露出稳重文静的格调，但所述内容太过异常，显得冷酷无情。她的心如若现出人形，或许会变为“一寸法师”那样的揽客掌柜吧。

“恕我冒昧，你们是同父同母的兄妹吗？”

“看着不像是同父同母吗？”

“因为四人长相各不相同呀。”

“似乎很不像。大家也那么说。但确实是同父同母的兄妹。不同的不止长相，想法和性格也完全各异。关系也很不好，四人唯一的共同点就是都恨父亲。”

姐姐还没说完，妹妹就痛快地哈哈大笑个不停。九太夫自幼便做魔术的行当，别说是日本，海外也曾去过，因此不会为小事所动，但因这对姐妹而有些惊住了。和通灵术把戏一样，人的心计大都程度有限，可他却感到后闲仙七一家人的内心世界是常人无法估量的。比起通灵术的实际演出，或许目睹后闲一家人内心纠葛的机会显得更加难得。他想用多年练就的魔术师的眼力仔细观察一番。

★

后闲仙七竟会做出想为儿子通灵、领回缅甸孙子之事，怎么想都让人无法理解。原本仙七也没有特别优待长子，他把长子视为和“一寸法师”及女儿们一样的累赘，即便如此，还是让他上了大学。然后因为他应征入伍，仙七大为感动，并激励他说：“这是很光荣的事，也是我们家的骄傲，好好为国家奉献。”人们推测他这种心理大概源于少了一个累赘而帮了他大忙，才表现出对国家的感激之情的。除此之外，他对长子没有显现出特殊情感的事例。

因为情况如此，原本儿子的灵魂显现、见仙七一面之类的事就已令人怀疑。如果他还活着，定居缅甸是事实的话，那么他或许早就迫不及待回到日本见仙七了。仙七的妻子两年前去世，他说因为身处乱世，连葬礼都没举办。当然，胜美、绿和丝子姐妹对此也都非常赞成，她们认为毫无感情表现的葬礼还是不办的好，为了体面而念诵“南无阿弥陀佛”之类的行为，反而不道德，令人作呕。只有“一寸法师”辰男流露出不满，对此有异议，可能是他和母亲感情深的缘故吧。因为在“一寸法师”招揽旅店客人，拎着大件行李而步履蹒跚之时，母亲是唯一心疼他的家人。

然而，仙七声称要领回缅甸的孙子，为了知道孙子的所在，才唤来长子的灵魂，决定从遥远的大和国请来通灵师吉田八十松，这已成事实。那么他真正的用意何在？兄妹首先这样考虑也是理所当然。

但是，半年前开始，仙七就有些奇怪，时常一副忧郁的表情，似乎茫然自失。他并非现在才开始忧郁的，但不会表现得精神恍惚。有时也会焦躁不安、慌慌张张。仙七不曾如此示人。

所以，定是仙七心生某种奇怪的想法，要不然难以想象他会对战死的长子有如此深的感情。他说起见到长子的幽灵、想要领回孙子，这些都是之后的事儿了，也就是说，只能认为这是他因某事心生变化而想到的借口。

然而，四兄妹并非一致反对通灵术实验。丝子哪里是反对，莫如说很期待看到唤来灵魂的表演。

“不是很有趣吗？虽不能推测出爸爸的真正用意，但如果那个冷酷无情的吝啬鬼花几百万日元，真去缅甸找孙子，也很有趣啊。我想看看那时吝啬鬼的表情。所以我想尽量唆使他，强行让他去缅甸。”

丝子就是这么想的。因为她是时装模特，即便不指望父亲的钱，也有高收入。而且她还年轻，无所顾虑。

与此相反，态度严肃的是“一寸法师”辰男。他既是现在兄妹中最年长的，也是唯一的男性，所以想当然地认定自己要继承家业。因此，他虽做着旅馆的掌柜，却没有懈怠学习和关注经济界的资讯，他看到股票交易员或银行职员的客人，就会刨根问底地询问，努力掌握经济界的真实情况。为了在父亲去世后，很快成为公司总经理而能很好地用上这些知识，他平常从不懈怠。虽然如今只是旅馆揽客的，但他内心坚信未来会成为高利贷公司的总经理。因为辰男是如此盘算的，所以如果仙七领回孙子，他必会遭受沉重打击。

“虽然缅甸不可能有哥哥的孩子，但既然老爷子那么说了，那就需要有哥哥的妻子和孩子。所以，我认为他定会从缅甸带回乡下女人和孩子，称他们为哥哥的妻子和孩子。这究竟是何用意？用一般的经商之法无法推断出老爷子的经商之法，例如，他一定要将财产过户到蒙昧无知的异国女人和孩子名下。因此，唤来灵魂之事说起来对那家伙管用，却让我们希望破灭啊。特别是对我这样的‘一寸法师’，更是事态严重。我一定要拆穿通灵术的骗局。”

辰男说得唾沫飞溅，慷慨激昂，表达了坚定的决心。

虽然，胜美和绿不知道父亲的用意，但动辄自称是哥哥遗孀及孩子的缅甸人进入家中，就会给她们带来困扰。即使不过是作为父亲的工具的外国人，既然是哥哥的遗孀和孩子，就不会对自己有利。最重要的是要识破通灵术唤来灵魂的骗局，使之无效。

因此，辰男等人所托九太夫之事关系重大，特别是辰男告知确定的日期之余，顺便拜访了九太夫。

“此次真是太麻烦您了。其实今早通灵师已乘‘银河号’火车抵达。商量后决定将唤来兄长灵魂一事延后，今晚八点半开始举行实验会。就拜托您了。”

“是吗？我知道了。在哪里？”

“在父亲家。”

“那可真罕见。在同好家中姑且不论，但答应素不相识的委托人的实验时，大都在旅馆进行。把大型道具搬进家里很费事吧？”

“行李很多。通过丸通邮寄的送货上门服务，寄来一件巨大的行李。提到火车托运的行李，更是大得离奇，且他自己拎来两个大行李箱。刚才打开箱子后，就把人支开，独自一人认真地做着会场的准备，因为送货上门的行李有些延误，午后才到，所以和老爷子发生争执。今天似乎不用这件行李。可能这就是所谓的通灵术的七件行李。”

“为此才推迟见灵魂吗？”

“具体的情况，我不了解，似乎是对方和父亲多次讨论后的决定。父亲也很感兴趣，他习惯周六傍晚来热海，周一早上回东京，从周一起住在东京，唯有这次周四晚上就来到这里，周六日也不上班，住在了热海。他是个大忙人，不到万不得已，绝不会有此安排。因为母亲过世后第二天，他就回东京了。亏我还期待他多待几天。不对，肯定有非同寻常的企图。如若不然，没道理有此例外。来自缅甸的可疑家伙如果进入我家，我的前途就会变得暗淡，所以您才是我唯一的依靠。请您务必帮忙，就先拜托您了。”

辰男行过三叩九拜之礼，再三恳求后才回去。

当晚八点，胜美和绿的车去接九太夫，到达后闲仙七家一看，客厅已有两位男士先到了。一位是胜美的丈夫茂手木文次，另一位是绿的丈夫岸井友信。因为和岸井同为旅馆从业人员，九太夫在工会聚会等场合见过他，所以认识。而茂手木是住在东京的公司职员，与他是初次见面。但初见时，九太夫一惊，心想似乎见过此人。

九太夫因为职业关系，注意力、观察力、记忆力等都非常好。只要他稍有印象，哪怕只是车船同乘时见过，似乎就会记住那个人的脸、季节、地点等信息。他看了茂手木一眼，觉得在军队见过。他身材高大，足有五尺八寸，体格健壮，四方下巴，眼神锐利。

不久九太夫就清晰忆起，茂手木是他见过的少尉，是刚大学毕业的魔鬼少尉、杀人少尉。这个魔鬼少尉一旦认定对方是便衣队①的嫌疑人，不容分说就把对方强行带走，用他中意的腰间佩刀砍掉对方首级。

九太夫心想他作为战犯，理应被抓捕。

“我也许见过您呢。听闻您是出了名的魔鬼少尉。”

“哪里，哪有的事。我之前在国内的部队混日子。”

茂手木突然扭过头去，似乎在告诫九太夫别说无聊的话，便抽起了烟。

★

通灵术在二楼十五张榻榻米铺成的日式客厅举行。九太夫入座后大吃一惊。

房间里除了壁龛，全都用黑幕帘遮住，连天花板也用黑幕帘盖住。下面铺满双层地毯。

如此一来，不就可以要任何把戏了吗？不论从天花板黑幕帘上方，还是从地毯下方，都可以穿针引线般玩弄技巧。通灵师只会在主场或同好的宅子中表演时，才如此用黑幕帘和地毯搭建一个完整的碉堡，在陌生的出差地不会如此大费周章。与其说无法实现，莫如说因为不同于主场或同好家中，在陌生的

① 便衣队，指身着当地普通民众衣服，与敌军进行渗透、破坏和攻击的部队。——编者注

委托人家中，会担心很多装置被改动。

另一方面，如此搭建黑幕帘“碉堡”的话，就能进行很夸张的表演。例如，可以唤出幽灵，也可以使桌子或钢琴等浮在空中。但是，那些都需要相应的机关，所以一被检查就会穿帮。

房间中央有一张圆桌。然而，通灵师不是坐在那张桌子上。和壁龛并排放着一个箱子，那个箱子背面和左右两面，还有上下都围上木板，只有面向观众席的正面挂着黑幕帘。中间有把椅子。通灵师大概会坐在那把椅子上。按照惯例，一般他会坐在椅子上被捆住手脚。挣脱绳索很容易。九太夫十秒左右就能做到。圆桌上摆放着扬声器、口琴、玩偶、喇叭、茶壶和茶杯等道具。

“这个地毯也是吉田八十松先生特意带过来的吗？”

九太夫感到不可思议，便问辰男。

“不，这个地毯是我们家的。黑幕帘、箱子、椅子及桌子上的物品都是通灵师的。”

“那桌子呢？”

“那也是我家的。”

桌子侧面放着一台便携式留声机。那也是通灵师的，在表演前后用它播放音乐。

如此一来，只有中央的桌子没有机关。九太夫在通灵师出现前试了试它的重量。连力大无穷的九太夫都只能勉强用双手举起，所以常人最多只能摇摇晃晃地挪动它。

仙七和吉田八十松出场后就座。丝子紧随其后，慌忙赶到。

“哎呀，终于赶上了。最近周六很忙，到处都有男孩子来约我，哎呀呀。”

丝子哎哟一声，一屁股坐下。仔细一看，吉田八十松已经坐在箱中的椅子上，仙七用绳子捆住他的手腕，系在椅子上，没有用绳子绑住脚。

“为了慎重起见，你们过来检查下。”

听仙七这么一说，辰男和丝子站起来确认，辰男自己又在椅子上多缠了一圈。然后拉下幕帘说：

“绑得并不太紧，算了，就这样吧。”

辰男摆出一副不太信服的表情回到座位。此时仙七早已端坐在留声机前。

“表演前后要播放音乐。按照惯例，通灵师随着这个音乐慢慢进入施术状态，之后再随着音乐慢慢从施术状态中清醒。

因为只有我懂得播放音乐的时机，所以由我来操作。曲子是幽默曲①。来人把灯关一下。请大家不要吸烟。”

为此才没有准备烟灰缸。趁着吸烟者急忙用烟盒捻灭烟火之际，丝子起身关了灯。因为仙七事先已关掉其他房间和走廊的电灯，屋内瞬间一片漆黑。只能隐约看到桌上涂有荧光涂料的道具。

“呜哦——”

听到从远山处传来类似猫头鹰的叫声。首先是吉田八十松发出的声音。紧接着留声机开始播放。音乐声有些尖锐，与此环境不太协调。

那个音乐接近尾声的瞬间，发生了令九太夫意想不到的事情。咚的一声，某个重物掉在了桌子对面。掉落的不是桌上的物品，因为桌上没有东西掉在地上还会继续移动。就像很重的铁球咚的一声掉落后继续滚动。接着不断发出令人极为不悦的巨大声响。

“叽叽叽叽叽……嘎拉嘎拉……咚咚咚……”

发出声响之物在桌子对面开始旋转。这也不是桌上的物品，且肉眼看不到。或许是某种孩子玩具之类的东西。但似乎

① 幽默曲，一种风趣幽默或表现快乐的器乐曲，流行于19世纪。——编者注

又比玩具那金属质感的声音嘈杂几倍，这个难听的声响听起来既像怪物们的哭声，又像笑声，还像怒吼声。它就像疯了似的充斥着整个房间，响彻屋内，让人忍受不了。

“嗯。”

“哦——”

在各处有人发出呻吟，不止两三个人。听到一个人的呻吟，其他人也受影响，不由得呻吟起来。

奇怪的声音持续三四十秒后结束，此时音乐已经停止。突然口琴悬浮于空中，发出呼哧呼哧的声音。但不是人吹奏出来的声音。因为口琴正在高出头顶处滴溜溜地到处飞舞。突然扬声器也腾空起舞，接着喇叭也飞到空中。三件道具一起眼花缭乱地旋转狂舞，随即又同时滚落到桌上。

这次笛子又飞了上去，而后空中隐约响起悲凉的笛声。不过，这也不是人吹奏出来的声音。因为笛子就像在树间乱窜的鼯鼠似的，不停地左右来回剧烈运动。接着玩偶也飞到空中，悲凉的笛声依然隐约地时响时停。两样物品立即飞上高空后落下。茶壶和茶杯也飞了上去，二者相互撞击，分离，再撞击。茶壶倾斜，将水倒入茶杯中。茶壶与茶杯的上下距离忽远忽近，旋转一圈后落到前方。

人们屏住呼吸，严阵以待，但通灵现象到此结束。人们特别期待着桌子可能马上动起来。不过那张桌子因为没有涂荧光颜料，即便动起来，也只能发出咚咚的声音。但是，因为人们都看到九太夫检查过那张桌子，所以特别期待。

然而，不论人们怎么等，还是什么事都没有发生。且表演结束的音乐也没有响起。终于等得不耐烦，人群中有人开始活动身体、清嗓子。此时从箱子里也传来声音：

“呜哦——”

听到那个远山处类似猫头鹰的声音，但因为没有任何事发生，接着又响起同样的声音。

“呜哦——”

似乎在催促谁播放音乐。

“总觉得很奇怪，哪位帮忙开下灯。”

九太夫用急促的声音喊道。有人起身，灯亮了。开灯的是丝子。观众席完全没有变化。只有一人离开了大家，在桌子侧面对着便携式留声机的仙七趴在地上。他的背上有东西向正上方突起，是匕首的刀柄。匕首的刀身几乎整个扎进了仙七的胸背。仙七已动弹不得。大家抱起他一看，他已经咽气。

★

接下来在记录在场人中的主要证词之前，先展示下当晚关于每个人位置的图解。

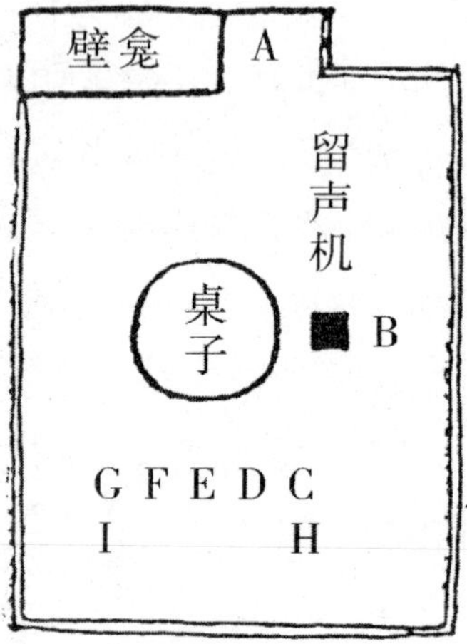

A 箱子（即吉田八十松） B 仙七 C 茂手木

D 岸井 E 九太夫 F 胜美 G 绿 H 丝子 I 辰男

丝子的证词

“这把匕首眼熟吗？”

“眼熟。大概是在会客室的展示架上，和玩偶、船的模型等不值钱的东西摆在一起的。是把西洋匕首，似乎不是太贵。”

“会客室会摆放不值钱的东西吗？”

“因为是做高利贷生意的，没收他人物品时，没办法的，就会多些破烂儿。家里任何房间、壁龛的橱架和展示架上都是这些破烂儿。”

“你还记得匕首什么时候不见了吗?”

“我哪会知道这种事。”

“大家是这样坐的吧。”

“我觉得是这样的。”

“你注意到有人走向令尊吗?”

“完全没有。”

“你注意到令尊被刺吗?”

“完全没有。”

“只有你和令兄坐在后方吗?”

“哥哥当时站着。因为他坐下就看不见了。或许因为站着,在后面也没关系吧。”

九太夫的证词

吉田八十松是个高手,很有名。因为人在旅途,就事先商量说不能表演令人震惊的技艺。即便如此,他充分利用仅有的材料使表演出人意料,似乎为此煞费苦心。比如中央摆放桌子,地上铺上地毯,在侧面及天花板上挂满黑幕帘,俨然像是正要宣告“一会儿定把桌子升起来”。自地毯下面和黑幕帘上方到侧面，都事先搭建好，做足线绳机关的准备。但是，他却完全没有利用这些机关。我认为可能是他预见观众会去检查，或许他事先会从被害人那里得知我会来参观，而做了出乎意料的准备。因此，他也没有在箱子中操作机关。他很谨慎，没有使用任何从箱内通往外部的机关。所以，他只是挣脱绳索，来到前面表演杂技而已。这个杂技最初也有些出人意料，手法非常巧妙。首先，在没有涂有荧光涂料的物品中，先抛出大约四磅重的铁球和音响装置的道具。铁球落下的声音就够大了，而音响装置的嘎啦嘎啦声更让人烦躁不已。当然，铁球上绑着绳子，之后他将铁球拉到身边，把它藏到口袋或箱中。如此先吓唬一下大家，他再开始摆弄那些涂有荧光涂料的道具。什么？大家说他应该没法吹奏口琴或笛子？没道理能吹奏口琴或笛子。那他可以吹其他的口琴和笛子啊。他一直叼着这些道具。没涂荧光涂料的道具事先放在口袋里。那么，其结果就是我没能听出后闲先生遇害时发出的声音，或许他是在响起嘎啦嘎啦声时被杀害的。大家都被巨大的声音所困扰，最后到处发出叹息声和呻吟声。大概其中一个痛苦的呻吟就是被害人发出的。真是巧妙的重叠啊，真罕见。我认为可能是凶手在音乐响起的同时开始行动，他绕到被害人身后，凭借音乐声的位置瞄准目标，凶手碰巧利用了出现嘎啦嘎啦声的机会，能够很保险地达到目的。即便没有嘎啦嘎啦声，也能达到目的，但多少有些危险。通过叹息声或某种声音就可以快速判定吧。我认为因为原本距开灯前还有一段时间，所以他有足够的时间回到自己原来的位置。不过，按道理讲，要平复紊乱的呼吸或其他响动，必须要费很大力气。猜测凶手是谁？我完全不清楚。我的注意力都被通灵术吸引过去了，因为吉田八十松先生费心铺设的地毯，使他即便频繁走动也不发出声音，所以更察觉不出蹑手蹑脚的凶手。如果那都能被察觉，通灵师挣脱绳索的戏法岂不是马上被看穿吗？因为观众并不能觉察出：吉田八十松先生挣脱绳索后，走到前方表演各种魔术。关于案发后每个人的举动吗？让我想想，大家都很茫然，除此之外，没有特别的可疑人吧。丝子外出打电话报警，但其他人全都互相戒备。警官到之前没人离开。因为谁都不想被怀疑，没人说想出去。不知不觉中吉田八十松先生无奈地自己解开绳子走了出来。对他而言，他当然不想让人知道自己可以解开绳子，但是了解情况后，或许就不能始终端坐在箱子里了。不过，似乎杀人案与他毫无关系，他一直揉着手腕，一言不发。真是个怪人啊。他作为通灵师，技法本领的确高超。在我所见之人中，或许能称得上第一。他巧妙使用涂有荧光涂料的道具类物品，技艺精湛。他一边口中吹奏口琴，一边同时在空中灵活运用另一把口琴、扬声器和喇叭三种道具，很了不起。要是我，有信心比他完成得更好。感觉都在说戏法的话题，真不好意思。因为我只注意这个了，所以实在是无能为力。

茂手木的证词

如您所述，当日的情形是我离被害人最近，但是因为音响声音很大，加之我又完全被戏法吸引，所以完全没有留意到其他人及被害人遇刺的情况。什么？让我猜谁是凶手？那种情况下，任何人都能杀害后闲先生。没有比那更合适的杀人时机了吧。那就是说当时在场的所有人都是嫌疑人，都有可能是凶手。当然，因为我离被害人最近，即使被怀疑也无可奈何，但我没有杀害他的理由，不是吗？问题在于为何最终杀了他。这就谈不上理由、动机之类的问题了吧。什么？胜美也能意外分得四分之一的财产？不，我根本不知道。连已经嫁入别人家的女儿还能分得均等遗产呀。因为我就没想过继承之类的好事，所以完全不知道那样的新颁布的法律。什么？我的职业？我是土木建筑公司的普通职员。是社长秘书，说得难听点就是贴身保镖吧，没怎么接触法律。

吉田八十松的证词

那个人就是魔术师伊势崎九太夫吗？如此一来，我觉得说谎也没用了。他在通灵师同行间很有名。真是来了一位令我头疼的客人啊。正如他所说，我挣脱绳索后，来到前方表演杂技。于是我拿出专用的小铁球，在黑暗中进行拙劣的杂技表演。不，仅就那些还算不上通灵术。其他的表演，例如理应第二天进行的，就是召唤灵魂进行的问答，这才是通灵术的重点。什么？您让我揭秘？唯有此事请您谅解。如果让人知道了其中奥秘，那我就是赔了夫人又折兵啊。哎呀，这可是我的独创手法。如果被其他同业者知道就麻烦了。什么？那晚发出的嘎啦嘎啦声？那是我的新作品发出的，因为观众已经不满意惯用手法，我为了让他们大吃一惊而最近创新的。因为此次是新的委托人，我就抱着冲进敌营的心态，准备了一两个新作品，但没想到会被凶手利用啊。铁球的重量是三点五磅。什么？伊势崎先生说重约四磅？真令人惊叹啊。那不是都被看穿了吗？真是自叹弗如。不，似乎没感到凶手绕过我啊。对，我认为凶手可能不知道我的位置，所以不可能从我这里穿过去。当然，如果是伊势九太夫先生，他能做到。他似乎对我的位置了如指掌，即便在黑暗中，恐怕他连我之后的位置，接下来的移动位置都能准确判断出。但其他人就做不到了吧。哎！当日可能是我和后闲先生交谈最多，但都是聊些通灵术相关话题，自然没有提及他面临危险之类的事情，毕竟初次见面嘛。

辰男的证词

“年龄？”

“三十一岁零五个月。”

“听说你很憎恨父亲啊。”

“粗略分类，我是不喜欢他，但说‘憎恨’，有些言过其实吧？”

“意外得到几个亿日元的财产，很开心吧。”

“当然不会心情不好。”

“你赶紧从实招来！大家都知道了。”

“知道什么？您是说我杀的吗？如果有证据，就拿出来！”

“马上拿给你看。当时你转到哪个方向了？是丝子身后吧。”

“我没活动啊。”

“绿说注意到你好像起身离开了。”

“开玩笑吧。”

“丝子也说了同样的证词。她说似乎感到有个孩子经过她身旁。”

“她怎么能确定黑暗中发生的事?”

“你认为一片漆黑，所以就不可能暴露吧。”

“你想一下。即使不杀父亲，父亲终归要死的，那时财产不就是我的吗？有必要存心杀害他吗?”

“缅甸的孙子一回来，财产就不是你的了。”

“不就是为此举办的通灵术实验会吗？伊势崎先生说这肯定是个骗局，所以安慰我不要担心。因为我相信实验会的结果一定是父亲不会去缅甸，所以没必要杀他。说起来我是个身份卑微的揽客掌柜，但好歹有份不为生活发愁的固定工作，也多少有些存款。所以，我不必马上继承父亲的财产。只要晚年能过上安稳的生活就足够了，如今我带着这份希望，以揽客掌柜的身份过着休闲生活，反倒每天活得有价值，有干劲，心满意足。如果现在立即继承父亲的财产，反倒觉得可怕，这也不是我所期待的。”

“伊势九太夫还表扬了吉田八十松的通灵术呢，说是日本第一。他极力称赞吉田，说他有可能说中缅甸孙子的地址和名字。”

“我还是头次听说。之前我一直深信伊势崎先生能拆穿通灵术的把戏。”

“你的和服上沾有血迹啊。”

“是我抱起父亲的，所以即使沾上血迹也无可奈何啊。当时在场的众人中，当然只有我才能承担抱起父亲的责任，不是吗？”

“你有一股蛮力啊。”

“可能因为负责揽客，整年都拎着行李走。”

“那么，你可以站着用全力刺死坐着的人吧。”

“或许可以。如果我想。但是，我没杀人。因为即使我不冒险，只要等待，自然就会得到财产。”

“你以为就凭这一句话就能脱身吗？”

“事实面前，无须多言。因为我根本不必急着杀害父亲，这就是我要说的。”

“真是个顽固的家伙。今天我先让你回去，你最好这一晚好好想想。”

谷村警部的补充报告

凶器是放在后闲家会客室的匕首。在尸体旁发现了刀鞘。

证物仅此一件。鉴定结果是未检出指纹。

目前的情况是，除了认定在场所有人为嫌疑人外，并未获得有力的证词。从位置关系可以判断辰男、茂手木、丝子的可能性最大，但也没证据可以断定其他四人没有作案可能。

★

第二天周日，众人被禁止外出，什么事都没发生。到了周一，他们被命令到后闲家集合。下午六点半便已日落西山，所以决定提前一个半小时，从七点开始当场演示前天的一幕。

每个人按顺序演示从抵达后闲家到在表演室落座的过程，但大家众说纷纭：此时去洗手间了吧？上茶了吧？是这样吗？诸如此类不同意见，所以迟迟没有定论。威严的茂手木终于怒不可遏。

“我可是上班族，把我扣留在热海，干些无聊之事，警察的做法大体而言就是乱来。使用最新的科技不就能麻利地找到物证吗？这种时候还搞类似钱形平次①所处时代的情景再现，是怎么一回事？”

① 钱形平次，日本作家野村胡堂的侦探小说《钱形平次捕物控》中的主人公。小说以日本江户时代为背景讲述了侦探钱形平次的破案故事。主人公破案主要以情景再现为主要手段。——编者注

“你先忍耐下，就今晚配合下我们的工作。明天开始你就自由了。”

警部安抚茂手木说道。

首先是观众落座。现场除了没有尸体外，全都和之前一样。吉田八十松最可怜，他和仙七的交谈地点、方式、内容及经过地点等都要还原，但因为没有对手，他只好一人分饰两角，总算来到了表演室。紧接着，丝子慌忙赶来。

“终于赶上了！太荒唐可笑了！”

她产生了自暴自弃的情绪，跑来跑去。大家都穿着和那天相同或相似的衣服，茂手木和岸井都穿了西装、袜子①，吉田八十松也是着西装、穿袜子，九太夫和辰男穿着日式短布袜，女人们自然穿着日式短布袜或袜子，没有人光着脚。

这次换警官把吉田八十松绑在椅子上，总算来到实际演示阶段，可这回八十松又生气了，他依次瞪着警官们。

“你们，为什么要站在那儿？如此一来，就没法实际演示了。请你们赶快离开吧。”

“如果警官不在场，就没有实际演示的意义了。”

---

① 日语中的袜子主要指在穿鞋时直接穿在脚上的用物，如短袜、长筒袜等。日式短布袜是脚上穿的一种布制袋形袜子，大脚趾与其他四个脚趾分为两部分，将脚后跟的上部用搭扣固定住。

“到处有那么多人，太干扰了。”

“这些警官们代替大家走向被害人方向，用心记住当时听到的声音，因为他们担负这样的职责，所以也是没办法啊。”

“可是，你们如果在我身旁，我无论如何也不能进行表演。因为我要抛铁球，发出嘎啦嘎啦声，向上抛各种道具，尽情挥舞。”

“你说的对，因为不需要那边的警官，所以让他们站在不打扰你的角落，我觉得聚在壁龛附近不错。”

总算准备就绪。似乎只有扮演辰男、茂手木、丝子的三名警官悄悄地走到被害人方向，他们三人身后都有警官。此外，当晚岸井、九太夫、胜美身后是没有人的，如今听大家讲话的警官坐在这里。

丝子关灯后返回座位。

“呜哦——”

八十松发出来自远方的长声嚎叫。警官中的队长似乎扮演仙七的角色，留声机响起。那之后和前天晚上一模一样。八十松的技艺果然精湛，连时间的间隔都分毫不差，让人觉得他是在同一地点，对飞舞的道具做了同样的动作。

即使做这样的表演，实际上也不过是徒劳。集中注意力在通灵术的情况，与集中注意力在其他声音的情况相比，不是差别巨大吗？可以说是天差地别吧。即便如此，几乎听不清声音，所以这次表演的结果，只会一致加深所有人的嫌疑，而在加深某个特定人物嫌疑方面，以彻底失败告终。

说到某个特定人物，特别是扮演茂手木的警官，在响起嘎啦嘎啦声后展开行动，在响声结束前完成行动仍绰绰有余，但是他不可能预料到会与嘎啦嘎啦的响声（连九太夫也没预料到）相关，更无法预知持续响的时间。因此，将响声当作怀疑茂手木的理由则有些牵强。

表演结束后，辰男挽留各个嫌疑人。

“一起喝一杯吧。即便偷偷拿走老爷子的小钱包，大家喝一杯也无妨吧。今晚可是我们家破天荒的宴会啊。”

虽说是宴会，却绝非盛筵。只从附近的饭馆叫来些饭菜设宴款待。没人邀请警官喝酒。被列为嫌疑人，大家自然都有着无名火，且因为贸然恭维，反倒被怀疑就危险了，因此大家都摆出一副毫不知情的表情。

警官们仍在现场忙活了一阵，不久警察署长到来。

“啊，大家，真是辛苦了。想必大家都心中不悦，今晚就不扣留各位了。东京来的就回东京，大和来的吉田先生就回大和，各位不要有顾虑，都请回吧。现场的幕帘和道具类用品都用不着了，所以请随意打包。只有地毯还留有血迹，因为是本案的证物，所以暂时由警方保管。”

“只有地毯和桌子是我们家的。”

“是吗？那样就更方便了。里屋有两个打包好的行李，那是吉田先生未使用的道具吗？”

“那是为召来特定幽灵而特地准备的道具，其实是决定第二天晚上用的，但现在也用不上了。”

“如果没有特制道具，就无法召来幽灵了吗？通灵术中的幽灵不像是真的，似乎更像戏剧中的幽灵呢。”

“嗯，应该是那样。”

“那么，告辞。”

警官一行留下几句讽刺通灵术的话，起身离去。就警官而言，或许在心底咒骂这可恶的通灵术呢。如果没有通灵术，就不会发生如此棘手的案件了。

热衷于本行的九太夫似乎突然想到什么，他面向八十松说道：

“我有事拜托吉田先生，您在通灵术方面不愧为日本第一，广受好评。老实说，我还没怎么遇见过召唤特定幽灵的表演呢。此次机缘巧合，以这样奇怪的方式拉近你我之间的距离也是有缘，可否今晚让我见识下召唤特定幽灵的通灵术？当然，我会奉上酬金。”

如此一来，丝子欣喜若狂，高兴得直拍手。

“太好了！那就请您唤出父亲的幽灵，我来问问凶手是谁。”

八十松挠着头说道：

“天那么黑，令尊也没看清凶手是谁吧。而原则上，只要我不知道凶手身份，就无法知道幽灵和犯人。哎，我向你们坦白吧，诚如刚才署长所说，那幽灵不像是真的，更像是存在于戏剧中的呢。所以，此技艺绝对不能展示给伊势崎先生。更何况，似乎说这些有些失礼，这八人中肯定有一人是真凶，虽然我还不知道是谁，但从我的角度而言，我不想展示通灵术。”

“当然，当然。本来在这样的夜晚表演通灵术也太不谨慎了。”

茂手木摇晃着巨大身体站起来，怒声喝道。丝子也发火了。

“说什么‘这样的夜晚’，是怎样的夜晚？不过是老爷子被杀害而已。我们轻松愉快，暂时不是挺美好的夜晚吗？”

“或许还真是呢。我的心情也没那么差。”绿为丝子帮腔道，随后又补充说，“我啊，那个通灵术的音乐在一片漆黑中响起时，我就想如果现在有把手枪或匕首，就杀了父亲。过了一会儿，响起嘎啦嘎啦声。我心想太讨厌了，懊恼不已，不禁发出悔恨的呻吟声。”

绿还是一副无忧无虑的面孔，九太夫吃了一惊。

“啊？还有那般认真的呻吟声啊？”

“是啊，我的心理作用转移到凶手身上了。就是说我是共犯了？”

“别胡说了！”

“一寸法师”站起来，气得捶胸顿足。他酒劲上来，脸色通红像酸浆①。他似乎抑制不住自己的愤怒，上蹿下跳，捶胸顿足。

或许他经常用此法控制自己的愤怒。丝子觉得很有趣，注视着他。

“你真是举世无双的哥哥啊。我都感到脸上有光彩。我可是在热海车站揽客的‘一寸法师’的妹妹，你们不知道吗？我时常跟孩子和朋友聊哥哥的话题，聊得畅快淋漓呢。”

“喂，回去吧！大家都回去吧！”

“你走开！”

“喂，丝子！”

“干吗？你再怎么捶胸顿足，也不能长高一米吧。要想上

① 酸浆，又名灯笼果、挂金灯。一种草本植物，其果实成熟时呈橙红或火红色，可食用。——编者注

吊，门楣还太高，真是有福啊。”

“哼！”

“一寸法师”的脸越来越红，拼命地忍耐。

“那我先告辞了。”

九太夫起身，急忙回去。

当然，九太夫绝非感到不快。他总觉得这家人完全让人恨不起来，反倒更让人有好感。即使已彻底自暴自弃，但总觉得他们很天真烂漫。

★

九太夫睡不着，试着推测谁是凶手。

在那种黑暗环境中，大家都可以去杀害他，且能完成这一任务。但是，即便从魔术师的角度考虑，杀人后不被任何人察觉，没有碰撞或接触地返回原位是很难的。特别是夹在两人之间位置的人更难办到。即使是从魔术师的角度来看，也很难。但电灯亮时，大家都在原位，所以夹在两人之间位置的人，特别是九太夫两侧的人似乎可以排除是凶手的嫌疑。因为实际问题摆在这，所以这两个人不可能行凶。他的两侧是岸井和胜美。

两端的茂手木、绿、丝子和辰男返回原位相对容易。不过，绿距离太远，况且还必须返回到辰男的前面。返回前面和返回后面有很大的不同。如果在后排，可以临时找准时机，想办法随便找个位置坐下。因为前排的人并不会注意身后的情况。况且绿还穿着和服。从绿的位置来看，反倒从前方的角落绕过去更容易，但不懂通灵术为何物、不知其真面目的人，不可能从正在表演通灵术的台前绕过。或许她也可以排除嫌疑了。

那最后，就剩下茂手木、丝子和辰男了。丝子进出很频繁，关灯、开灯以及案发后唯一走出房间打电话报警的人，都是她。丝子约有八头身①的完美身材，臂力似乎也很大，所以未必就能说她无法将匕首刺进被害人体内。关灯返回时，她应该能把事先藏好的匕首带进来。她去开灯的时候，去接电话的时候，都可以藏匿证物，她是唯一有此机会的人。丝子的位置最利于杀人后返回，因为只要退回所有人身后就好，且在此期间没有任何人介入，所以可以断定她在返回过程中完全没有失手的危险。虽然丝子有可能是嫌疑人，但动机不足。

因为茂手木离被害人最近，所以比起他人往返要方便。他和岸井在会客室独处期间，或许有机会盗取匕首。因为他在战

---

① 八头身，指头高与身高的比例为1比8的体形。——编者注

场上是个经常杀人的怪物，遇此绝佳的杀人环境将仙七一击致命，或许能让他体会到久违的快感。他的杀人动机也不足，但因为思想上有杀人倾向，所以有可能是嫌疑人。

从动机来看，辰男嫌疑最大。诚然，即使不杀父亲，他自然也会得到财产，此逻辑基本说得通，但正确的逻辑背后当然也蕴含了等量的悖论。如果不杀后闲，就担心失去财产，而这样的理由不止一两个，无数个理由就有可能衍生出此事，所以，反倒可以说辰男的话只是基本说得通，但不是正当理由。

不过问题在于，他确实有担心的理由吗？辰男和丝子同在后排，所以他的位置往返危险少，仅次于丝子。总之，后排比前排有利得多，加之后排只有他们二人，因为旁边没人，所以更有利。可以看作辰男的位置，比距离最近的茂手木更利于往返。辰男的位置虽然有些远，但也不必担心。他只需沿着黑幕帘移动就好。

如此看来，不论从动机，还是从位置判断，辰男的嫌疑最大，面对丝子的嘲笑，辰男捶胸顿足、上蹿下跳，极力克制。那么该如何解释他的表现呢？是在拼命压抑再次杀人的痛苦吗？

反倒是辰男的跺脚行为，不正体现了他怎么也杀不了人的胆小懦弱的性格吗？九太夫莫名地对辰男的跺脚行为抱有好感。他无法下结论。

就这样，来到翌日清晨。“早上好，魔术师先生。”丝子过来打招呼，“昨晚您是觉得厌烦才逃离的吗？”

“不是，哪儿的话。我反倒开始对你们一家人有好感了，对你们四兄妹啊。”

丝子痛快地点了点头。

“我也开始喜欢大叔您了，将心比心嘛。这就是所谓的人各有所好吗？好比胜美姐姐喜欢那个‘杀人狂’。我呀，今天来汇报重要消息。吉田八十松这个人太讨厌了。昨晚他悄悄进入我卧室，我一脚将他踢飞，结果他又去了女佣的房间。那吵闹声惊醒了我们家的‘一米先生’，可能那位情绪激动起来，就力大无比。因为他手臂粗壮程度有如相扑选手。他将八十松击倒，我也心情痛快啊。正因为他用直拳命中其下腹，所以通灵术先生也受不了吧。”

“应该没有生命危险吧？”

“他的拳头已经运用自如了。旅馆的掌柜掌握适当殴打醉汉的力度，这也是他们的一项重要职业技能呢。啊，我的重要汇报不是这个。女佣美祢呀，似乎回忆起这么一件事，她总觉得呢，那个没开封的行李有些奇怪，好像只有那个行李是直接送到家里的。据说美祢通知八十松君来取行李的时候，他表现得很奇怪，说‘里面装的什么呢’，让人感到不可思议。说是八十松想先打开看看，于是让美祢拿来菜刀，正要打开时，父亲勃然大怒冲出来。他气势汹汹，大声呵斥‘等一下，那是我的行李’。父亲平时再凶，也不会直接表现出如此怒气冲冲的样子。他可是更加阴险的人。但是，据说当时他气势汹汹，夺过菜刀扔到一旁。虽然八十松君被父亲气势汹汹的样子所惊到，但他还是坚称这是寄给他的行李，而父亲明确表示无论是寄给谁的，都是自己的行李，之后叫人把它搬进了里屋。”

“那可太奇怪啦。”

“奇怪吧。还有更离奇的。今早八点左右，八十松君叫了辆车只把那件行李拿到车站运走了。醒了也不吃饭，却突然如此。那个表演现场还是原样，他却在吃过饭后不急不慢地收拾。我就在想他为什么不等都收拾好了再运走呢？我觉得似乎有隐情，所以就过来跟大叔您汇报了。”

“你提供的消息说不定很重要呢。太好了。嗯……对了，我刚才忘记了。后闲仙七先生为何想要领回缅甸的孙子？就是这个谜团，等一下。”

九太夫不禁喜笑颜开。

“丝子小姐，请稍等。我要想一会儿。不过，我会抓紧想的。因为不赶紧的话，就来不及了。这期间能请您去趟警察署吗？要赶紧扣住那件行李。我理顺思路后再告诉您原因。或许我的推断是错误的，但……不，不会错的，理应如此。丝子小姐，快，快去！”

“好的，我马上去。”

丝子十万火急地离开了。或许警察也觉得只是暂时扣留一件要寄出的行李，没什么大不了的，可这毕竟是涉及重大案件的物证，所以如九太夫所愿，扣押了那件行李。

这时，九太夫到访警察署。

“我认为案件总算告破了。至少确认下行李箱装的东西便可知道。先让我喝杯茶吧。”

★

五小时后，吉田八十松作为杀害仙七的凶手被逮捕，进了拘留所。

九太夫在自己的旅馆大厅，面对丝子和辰男，一边小口喝着咖啡，一边心情愉悦地夸耀着自己。

“你们四位都说过吧，你们想知道父亲打算叫来缅甸孙子的真正意图。至少在表演前，那应该是你们最关心的事情。但是呢，发生杀人事件后，你们就突然忘了这件事，这也情有可原。因为一旦当事人被杀，他的意图也同样被抹杀，之前的问题已不再是问题。我亦是如此，在今早听丝子小姐汇报前，我也不曾记起此事。然而，我听完丝子小姐的汇报后，顿时恍然大悟。或许缅甸孙子的秘密就在于此。之后我想了想，于是很多事都清楚表明与此事相关。首先，令尊经常周六傍晚来，周一早上回东京，但只有这次是周四傍晚来，周五周六都没外出吧。为了等着观看定在周六周日的通灵术表演，也没必要周四就来吧。无论内心怎么紧张，连小孩子都不会如此着急。也就是说因为他要等行李。但行李是寄给吉田八十松的，所以他想趁八十松不知道的时候处理这件行李。因此，他盼望已久。其次，八十松的行李办理了火车托运，已经到达。然而，另一件是寄到家里，由后闲仙七转交吉田八十松，寄件人也是八十松。同一个人寄送的东西，一个是寄到家里，一个是火车托运，这就很奇怪。而丝子小姐的汇报彻底帮我解开了这个谜。她说令尊大叫‘那是我的行李’，他气势汹汹地跑过来，八十松在收到行李时，不是很好奇这是什么行李吗？他当然会感到奇怪，因为这不是他的行李。”

“那么，是父亲的行李吧。”

“当然，也就是说将这件行李从大和运到热海，就是‘寻找缅甸孙子’的秘密。怎么才能将这件大行李运到热海而不被人怀疑呢？比起在热海站，从大和发送行李更成问题。因为如果从大和运送大件行李，就有可能被人怀疑。因此，他就想出了一个移动大型行李而不被怀疑的方法，那就是缅甸孙子的秘密。因为通灵师每次出差，通常都要携带大型行李，且大和有吉田八十松这位广受好评的通灵师。当令尊知道此事后，一定是喜出望外了吧。于是，他左思右想，找到了应该立即请来通灵师的理由，他先到处宣扬本该战死的长子化作幽灵出现的故事。虽然和幽灵聊了很多，但唯独忘记问孙子、女人的名字和地址。所以令尊就拜托通灵师，说需要请他来揭示幽灵的启示，这才终于进入到邀请通灵师的阶段。令尊和大和的吉田八十松通过书信往来确定了日期。于是，他急忙赶到大和收拾那件大型行李，从大和以吉田八十松的名义寄给热海的吉田八十松。如果是吉田八十松的大型行李，在那个地方就不担心被谁怀疑了。因为送货到家，比起火车托运更慢，虽然很早就寄出，但在周六中午左右才送达，也就是在吉田八十松来热海之后。这就失策了。但行李终归到了，令尊气势汹汹地怒斥八十松，抢夺行李后搬进了里屋，因此，到此为止，‘寻找缅甸孙子’这件事的作用就结束了。所以，他才会推迟‘寻找缅甸孙子’一事，而以悠然自得的心情先行举办实验会。如果‘寻找缅甸孙子’一事具有重大意义，无论什么情况，不是都应该先唤来在缅甸的儿子的幽灵吗？他之所以延后唤来幽灵一事，是因为此事已经达到了应有的效果。令尊很是悠然自得，竟然先期待实验会，但他不知道此时已出现了一位难以对付的劲敌吧。”

“八十松为何要杀害父亲呢？”

辰男关心地问道。

“这个嘛，因为吉田八十松品性卑劣。他被令尊怒气冲冲地呵斥，行李也被夺走，之后或许他想了很多。行李的确不是自己寄的，即便从送货到家这一方法来看，他也不认为是自己的家人寄的。况且自己的家人也没理由寄送吧。于是他就想到那件行李可能是后闲先生的。且后闲先生没有以自己的名义寄送，而是以吉田八十松的名义寄给吉田八十松。这里面应该有很重要的内情。因为八十松这家伙很会动坏脑筋，所以能猜出个大概。起码有可能是不能以本人名义寄送的某种物品。因为通灵师可以寄送大型道具而不被人怀疑，所以定是找此机会下手。箱子所装之物可是天下闻名的放高利贷者的秘密行李，所以定是来历不明的贵重物品。既然他如此煞费苦心地寄来，里面一定装着极其贵重的某种物品。或许能如此断定。因为八十松看到搬进里屋的行李还没开封，仍旧保持原样，就想着要夺走。方法很简单，只要杀死令尊就好。如此保密之物，所以不可能有很多人知道这件行李。表面上那是吉田八十松寄给自己的行李，只要杀了令尊，剩下的事就好办了。只要说里面放了明天的实验道具，但因为已经用不着了，从车站寄出就好。因此，当日的实验主要是为了方便杀害令尊而特意准备的道具。八十松在地面铺了两层地毯，就是为了盖住脚步声。他从带来的唱片中选择了音调最高的幽默曲，设置好铁球和嘎啦嘎啦声，再拜托令尊来播放唱片，他做了凶杀的万全准备。这家伙能够自由地四处走动，当他来到令尊身边时，让铁球和嘎啦嘎啦声出现于中央，就可以完美地掩饰自己的位置，所以令尊难逃此劫。嘎啦嘎啦声响起，他以唱片声音为目标绕到令尊身后，凭借气息准确确定目标，一刀刺死。只有八十松知道嘎啦嘎啦声会持续很久，所以他才能很从容地确定目标后作案啊。他将刀鞘丢在尸体旁，之后只需在黑暗中表演熟练的杂技就好。大概如此精明的八十松自恃作案成功，竟然去袭击丝子小姐和女佣，结果被打，却还是急着寄送那件行李，正是这些错事才导致他被怀疑。如果没有这些疏忽，这家伙就不会被抓吧。而代替他被抓的或许是辰男君呢。真是太危险了。因为连我也曾一度认为凶手就是辰男。”

“那么，那件行李里到底装着什么啊？”

“啊，是这么一回事。战争结束前后，令尊好像在大和吧。”

“对，因为京都、奈良没被烧毁，他就在那边做生意。”

“据说他在大和盗取了来自中国的古佛像。有人从中国带回了这件珍品，据说此绝品即便在中国，应该也称得上是国宝中的国宝。这尊佛像啊，头部、项链、手镯、眼部、乳房及脚镯等都嵌有古今无双的宝石，据说或许时值几十亿日元，总之价值无法预估。那可是等身大小、约六尺高的佛像啊。”

九太夫叹了口气，丝子则放声大笑：

“竟然盗走佛像，爸爸也太厉害了吧。他真是个令人惊愕的假诗人！”

她说完后吐了吐舌头。

能乐面具的秘密

阿常是盲人按摩师。她虽然身材矮小，长得也不漂亮，但性格开朗，十分健谈，且按摩技术高超，所以旅馆等处都很关照她。那天从早上就有预约，此次也是老客户乃田家，说是希望她晚上九点左右来。

被请去乃田家，她有时会服务夫人，有时会服务乃田家的客人，此客人多是大川先生。这天也是他。阿常大约晚上九点十五分去的时候，他也快吃完饭了，于是晚上九点半左右开始按摩。

大川先生在主楼用餐，在侧楼就寝。和主楼相比，侧楼这栋洋楼小而雅致。说起乃田，据说从前是个大富翁，主楼的豪华程度是任何旅馆都无法比拟的。家里有茶室和能乐舞台，还买下国宝级物品搬运至此，庭院更有五千坪。在热海如今还能维持如此大的豪宅开销，没有将它开设成旅馆，是因为乃田家拥有众多土地和山林，一点一点卖掉这些资产就可以过上非常奢侈的生活。而这些事务经常由大川和今井二人来处理。基本上好像多是两人一起来，据说在这家主人生前，二人曾担任过他的秘书，这天似乎是大川独自前来。阿常去侧楼按摩的时候，女佣对她说：

“听说夫人也要拜托你，所以按摩完了就过来吧。”

这也是往常的习惯。因为今井先生还年轻，就没有接受按摩服务。

大川喝点酒就会心情愉快而喝醉。但他睡前要吃安眠药，所以按摩四五十分钟，就会鼾声四起，睡熟过去。这天也是如此。这个人很奇怪。

“即便像你这么丑的盲人，在我喝醉接受你的按摩时，也会容易产生奇怪的想法，所以请你把挂在那面墙上的女鬼面具戴上，再给我按摩吧。”

这已成了他的奇怪习惯，可能是胆小谨慎吧。但是，他总会催促“使劲按，力道再大些，用尽全力”，所以给这种人按摩比给几个人按还累，是按摩中比较棘手的客人。阿常在大川睡熟后总算放了心，她摘下女鬼的能乐面具①，放到桌上后离开房间。

阿常虽是盲人，但自诩直觉敏锐，所以当她到常去的顾客家或旅馆时，最讨厌女佣们给她带路。

“我直觉敏锐，自己能行。”

不论去哪，她只有说过这些话才会心满意足。当然，各家的女佣都知道这个规矩，所以也就没人给她引路了。连乃田家也是如此。因为她顺着墙摸索前进，也没有脚步声，打开纸隔扇后，从里屋传来夫人的声音。

“是阿常小姐吗？”

“是我。”

“请在那儿稍等啊。”

“好的。”

房间里好像有人。夫人为了不被人听到，压低声音，但充满力量。

“我再也不能忍受你的厚颜无耻了。迄今为止你已经敲诈

---

① 能乐面具，日本能乐表演中表演者所戴的面具，用以区分人物角色。

了一千万日元。我也已六十七岁了，所以名誉什么的都无所谓了。我绝不会再给你钱了，你最好到处宣扬我的秘密吧。首先，深夜从窗外扣窗敲诈钱财，算怎么回事？快离开！”

“你以后会后悔的。”

在窗外满面含笑的男人临走时甩下这句话。阿常听见了。

阿常心想好像不是大川先生，因为他正在熟睡，男子声音低沉，说的话有些听不清，似乎与大川的声音有些不同。看样子来客是一个人，说到这间宅子内的其他男士，那就只有儿子浩之介和看守庭院的老爷爷。浩之介从南方战场①归来，因腿部受伤已成了跛脚。这二人与阿常几乎不认识。夫人把阿常叫进里屋。

“让你听到了意外之事，此事千万不可告诉他人。”

“好的，我绝不会说的。”

“大川先生休息了吗？”

“是的，大声打着呼噜睡熟了。”

“是吗？”

之后，阿常为夫人按摩，离开时大约晚上十一点半。要是往常，这个时间还会到常去的旅馆为人按摩，但因为这天为大

① 南方战场，指第二次世界大战中日军入侵东南亚的战场。因东南亚大体位于日本以南，故得此名。

川按摩后感到很疲倦，便返回师傅家了。

“今晚去的乃田家，因为给那个让我戴女鬼面具的客人按摩，所以很疲劳。请让我休息一下。”

毕竟在顾客处是不能说这些的，但在师傅家就可以坦率说出相当过分的话，一边喝茶一边闲聊。因此，她说完便稍做休息，按照疲惫之夜的惯例，大约喝了五勺①酒后，连刚刚被人拜托不要告诉他人之事也说了出来。

“乃田夫人被人敲诈了。好像已经被勒索了一千万日元。那个人不是让我戴女鬼面具的人。”

而阿常这五勺酒喝得心情愉悦，不一会儿就睡熟过去，所以她不知道当晚的火灾。

★

火灾发生在乃田家的侧楼。因为靠山而给水不便，在宽敞的庭院中，接通软管出水前花了很大工夫。所以侧楼一整栋楼都被彻底烧塌，在废墟中发现一名男子的尸体。两个房间里铺有被子，尸体在其中一间。似乎尸体的房间为起火处，根据火灾后对痕迹的调查，确定这间屋子的两个门都上了锁。其中面

① 勺，日本《尺贯法》规定的容积计量单位，1勺约为18毫升。

对走廊的门从内侧上了锁，而通往隔壁房间的门则从外侧上了锁，且隔壁房间也铺有被子。死者为大川。因为是密室中的尸体，大致可以得出香烟引发火灾或自杀的结论，碰巧阿常的按摩馆对面住着一位报社记者。而这位记者刚从采访现场回来，就跟女按摩师及邻居站着闲聊。

“昨晚阿常小姐去那家按摩了。那个客人很奇怪，据说即便像阿常小姐这样有点年纪且不漂亮的为他按摩，他还担心喝醉后会产生奇怪的想法，而为此感到困扰。因此作为惯例，让她按摩时戴上女鬼面具。但是，这个阿常说她还听到这家夫人被敲诈。迄今为止已被敲诈一千万日元，所以已经受够了。夫人说请到处宣扬这个秘密吧。据说男子此后用恐怖的声音说你以后会后悔的。”

这位记者是东京某报的分社职员。此刻刚从现场回来，刚打电话到总社汇报此案件像是普通的过失致死。如果是杀人案件，那就是大新闻了。因为在温泉镇类似新闻成为热门话题，精于此道之人都聚集于此。最近在关东的农户家发生杀害八人的命案，刚成为全国性的话题，所以他期望此次事件一定要成为独家报道。

“那位阿常小姐如今在哪？”

“还在呼呼大睡呢。”

“不是已经过十点了吗？”

“按摩师这个职业就算睡再多，每天还是会筋疲力尽。”

于是，记者提出要见阿常，就请人叫醒她。当阿常知道发生了如此重大事件后，大惊失色。

“此事写进报纸就麻烦了，因为我也不知道竟会发生那种事，才随便说的。再问我什么，我都不会回答的。”

“如果不回答，那我只能添油加醋地写了。你又没做坏事，说不定你会一举成名，传遍全日本呢。哪会说你的坏话，人们都会极力赞许你是出色的侦探。”

“无论如何都打算写？”

“因为这是我的本职，怎么会不写呢？”

“那就没办法了。”

于是，阿常把昨晚的听闻和经历都讲给过记者听，毕竟是眼盲之人说的话，关键之处似乎有所遗漏。

“大川这个人，和你说过敲诈之类的事吗？”

“我认为绝不会有人说自己是敲诈者的。”

“那你是大川熟睡后离开房间的吧。你离开时没锁门吧。”

“当然啦。”

“谁住在大川的隔壁房间？”

“看样子没人住。”

“但是，似乎隔壁房间也同样铺着被子啊。”

“那是今井先生吗？大川先生和今井先生多是一起从东京过来，住在这里。但是，我并不是说敲诈的男子就是今井先生。”

“因为大川让你戴上女鬼面具做按摩，所以你偶尔看过他淫乱的样子吗？”

“他那么小心谨慎的人，一定不会做那种事。如果连这些事都被添油加醋，我岂不是很困扰？请注意分寸！”

“啊，抱歉。因为我觉得大川如果对你有奇怪的举动，那么即使他和乃田夫人之间发生什么也就不足为奇了。也就是说隔壁房间的被子也许是夫人用的。”

“太荒唐可笑了。”

过又打探了其他很多事情，因为只是按摩师的观察，所以可以断定准确无误的内容很少。稍微能确定的是下列事项：

阿常自晚上九点半左右到十点半左右为大川按摩。她说大川喝酒后吃了安眠药，在按摩途中鼾声四起而熟睡过去。阿常为他整理好被子，把面具放到桌上，没有锁门就离开了房间，她不知道烟蒂是如何处理的。大川确实在按摩过程中点着了香烟，但阿常没感觉有烧到什么的迹象（她自称嗅觉灵敏）。她离开大川的房间后，去了主楼夫人的房间。那时，夫人拒绝了窗外男子的敲诈，但她不知道那个男人是谁。十一点左右阿常离开，火灾于一点四十七分被发现。据灭火后的调查，大川房间的门都被上了锁。大川似乎是窒息后被烧死的，没有发现类似他杀的外伤及被毒杀的嫌疑。

辻顺便再次奔赴现场查看，此刻正公布调查结果，据说发现了被烧毁的大川的波士顿手提包，从成捆儿的一千日元面额的钞票的燃烧碎片来看，可以推断包里有大约一百万日元。当局凭借上述证据，反倒可以排除外人行凶的嫌疑，看样子已经弄清事实了。

辻不把当局的公布内容当回事，他要直接和楼内人们对质。因为从记者的基本常识来看，首先要调查女佣，所以他分别见了三名女佣。

“昨晚的客人就大川先生一个人。基本上他都是和一位叫作今井的先生一同前来，所以我们白天提前打扫——打理庭院的老爷爷负责打扫的，他提前整理好床铺，大约晚上八点只有大川先生一个人到达，之后就没人来了。”

三名女佣的回答相同。阿常起身离开前，一名年轻女佣还没睡，因为夫人房间与女佣房间距离很远，所以她说什么声音都没听见。

“通往隔壁房间的门，平时都是锁着的吗？”

“不是，我们习惯是不锁。”

因为女佣们如此断言，所以推测是他杀。

于是，他请求见夫人。出乎意料，夫人轻易答应了。当过问到敲诈之事时，她勃然大怒。

“我不记得被谁敲诈。竟然还说什么昨晚我被人敲诈。没那回事。那时，我不记得见过谁。更不用说记得说过那样的话。请回吧。”

他突然起身离开。因为没工夫问大川包中的一百万日元，他急忙去警官处询问，获悉那是别人拜托大川帮忙买股票的钱。即便根据阿常的话判断，也不像是夫人给了敲诈者钱，反倒是拒绝给钱，所以这一百万日元大概是买股票的钱。

其余的家人就是儿子浩之介，他暂住在类似门房的地方，此处连接大门，同时用作办公室。他经营着高利贷业务，在热海起大火之时，他卖掉了母亲给的山林，开始做高利贷生意，当时似乎很顺利，但如今好像不景气，落魄到只能拖着瘸腿东奔西跑，经常疲于借钱，似乎越发难以为继了。雇员也待不下去了，只剩下一个初中毕业后读夜校的小伙计。过去浩之介的办公室一看，除了账本外，仅摆放着侦探小说。或许因为跛脚，他并没有类似资本家儿子的落落大方的气质。

“您有很多侦探小说啊。”

“我爱读书。”

“昨晚十点半左右，听说有个男人在窗外敲诈令堂。令堂说已经被他敲诈了一千万日元，还来敲诈真是厚颜无耻。因为已经不在乎名誉了，最好向众人公开她的秘密，她一分钱都不给。于是窗外男人说她以后会后悔的，就离开了。”

“妈妈说过那些话？”

“不是，是有人偶然听到。”

“是吧。宅子中有人奇怪死去的当日，如果有人说过那种话，就有些奇怪了。且之后不久杀人也很奇怪吧。更何况明明被敲诈了。”

“是基于侦探小说中的常识吗？”

“就算是吧。妈妈也读过很多侦探小说。”

“你没看到有奇怪男子经过大门吗？”

“我大约晚上九点开始玩弹珠机，那个时间我在面馆吃乌冬面。这个小伙计从小田原①的夜校回来，晚上十一点左右在路上偶遇，我就和他一起回来了。或许您想说我就是那个敲诈者，如果我有敲诈妈妈一千万日元的本事，就不可能做高利贷生意失败了。”

---

① 小田原，指日本神奈川县小田原市。该市距离热海市约30千米。——编者注

“那么您是说敲诈令堂比放高利贷更需要本事吗？”

“算是吧。我不知道妈妈有什么秘密，但是我认为除了查明那个秘密，别无他法。不过，如果那个秘密能轻易查明，敲诈应该就难以实现了吧。特别是不可能从母亲口中问出。”

辻想起主楼的会客室里有些用于装饰的能乐面具，其中似乎也有女鬼面具。其实，他也不太了解女鬼面具的形状。

“府上有女鬼的能乐面具吗？”

“让我想想，能乐面具是有很多。家中父母都是仕舞①的爱好者，所以这些面具都很实用。有些面具在日本应该也称得上优秀。可能有三四个女鬼面具吧。”

“听说在被烧尸体的房间里也有女鬼面具啊。”

“那个侧楼里应该不会放贵重物品，或许有些类似之物。”

就在这时，有客人到访，所以辻就离开了此处，他顺便到住在对面排房的老爷爷处，试着调查不在场证明。

“我九点到十二点在蔬菜店下象棋。因为是昨晚的事情，你可以问下蔬菜商。”

问过蔬菜商后，明确了老爷爷的不在场证明。因为蔬菜商的家人都口径一致，所以应该没错。辻一回到分社就往东京打

① 仕舞，指日本能乐演出时，主角一人穿着礼服、裙裤在伴唱下的独舞。

电话，拜托调查今井这个人，发送了以下内容的稿件：

开始此事件被认定是过失致死或自杀，但据阿常的证词，获悉以下事实：乃田夫人已经被人敲诈了一千万，当晚十点半此人又敲窗到访，夫人拒绝了他的敲诈。这个敲窗之人有很大的杀人嫌疑。大川让女按摩师按肩膀时戴上女鬼的能乐面具，因为他是如此小心谨慎，所以即便他知道阿常在夫人房间，起来去敲诈也很奇怪，阿常根据按摩师的感觉和经验，做证说确定他没有装睡。阿常看到大川熟睡，就把能乐面具放到桌上，没有锁门就离开了。然而，两个门分别从外侧和内侧被上了锁，这就意味着有人行凶后先从内侧锁上了去往走廊的门，随后到隔壁房间从外侧锁上这个门，然后逃走。因为女佣们平时习惯不锁西式房间的门，所以可以明确断定应是其他人把它锁上了。且通往隔壁房间的门是从邻室被锁上的，因此可以证明不是死者所为。关于敲诈乃田夫人的男子，只有负责庭院的老爷爷能明确证明自己当时不在场，而浩之介却不能证明。还有，经常和大川同行住宿的今井这个人，女佣们预计他会睡在隔壁，就提前做了准备，所以有关此人的不在场证明，也有很大疑问。我有很强的预感此事会发展为复杂的怪异事件。只是关于包中的一百万日元没有被抢去这一点，还稍有疑惑，只能想象成类似没时间盗取现金的突发事件。

在全国版及地方版报纸上，出现了大肆宣传夹杂着照片的上述内容的报道。警察及其他报社记者都视作过失致死，都忘了大致问一下阿常，所以看到这篇报道都吃了一惊，便开始了正式的调查。

★

翌日，今井以自愿接受调查的形式现身热海警署，他声称前天晚上九点到十一点在新宿喝酒，并于十二点前到家。

“我看了今天早上的报纸才知道，大川先生不是敲诈者吧。反倒是他把钱借给了别人。他可能借给夫人六七百万日元。夫人最近炒股出现连续的巨额亏损，似乎已经没有可卖的东西了。只剩下个生产矿物的山，这是个贫矿①，她拜托我帮她卖掉，但买主怎么也不答应买，夫人一个劲地催我。如今总算以一千八百万日元的价格达成协议，只有一半款项是现金支付，

① 贫矿，指矿石品质低或者产量低的矿山。

其余的三个月后以票据形式支付。大约一周前，那家公司的职员和我来此，先交付了九百万日元的现金，之后正式签订了合同。那时我反复叮嘱夫人不能再炒股了，还提前拜托她归还从大川先生那里借的钱。大川先生独自来热海就是为了收取欠款，我作为担保人的借据也被拿走了。因为把那座豪华的宅院作为抵押物，以本利六七百万日元的价格转给别人，没有比这更愚蠢的了。我之前也很生气。那是因为夫人让我交涉半年多，也几次带人实地考察，但除实际费用以外，给我的谢礼竟然只有五万日元。因为卖价比想象中更低，我也并非不能理解夫人愤怒的心情，都怪这通货紧缩的时代吧。为此我很生气，所以就没和大川先生同行。因为是让人还钱，即便我同去也毫无意义吧。出于上述原因，以那位夫人的做派，如果把收债说成敲诈，或许这就是敲诈，但大川先生似乎不会敲诈别人。”

他的证词很出人意料。

“其他人中谁还有敲诈可能呢?”

“这个嘛……光股票吸纳的资金就有几个亿日元吧，所以区区一千万日元到手就亏光，只要想法补上，旁人也看不出来。因为被敲诈的秘密不能被他人知道，这才能成为敲诈的原因，那种私生活方面的事情，我推测不出来。”

“她儿子浩之介得到多少资金?”

“他得到很多山林。因为时机不错，似乎马上卖了两三千万日元，他开始做高利贷买卖之后，就越来越糟糕了。”

“乃田家的财产现在还有多少？”

“如今空空如也。除了那次卖掉矿山的一千八百万日元之外，剩下的多半都是毫无价值的，还有一两处，其余的就只剩那套房产了。或许还有些古董，但实际上值钱的东西好像大都卖光了。我们不参与这方面事务，所以不了解。”

今井说话的口气似乎已认定凶手就是乃田家的人。最后他说：

“听说大川先生的夫人目前在热海，关于大川先生去热海旅行的目的等问题，请问问他夫人。”

于是，警方向大川夫人打探，清楚地知道他此次旅行不是为了买股票，而是为了收债。

“因为已经抵押了房产，所以就没有催着返还欠款，反倒觉得因为这个原因，不可能只收取一百万日元。我认为很奇怪。”

“您丈夫和今井先生一直交往甚密吗？”

“如今工作单位不同，年龄也差很多，所以除了乃田家事务之外，不太来往。”

不过，根据来自东京的报告，今井主张的不在场证明非常不明确。即便新宿的酒馆，都说店里没有那样的常客，似乎没有线索。而能证明他主张的人只有他妻子。据他妻子说，今井半夜十二点左右回来，之后就马上沉沉睡去，第二天早上很晚才起床。

在第二天晨报中辻的报道传递了以下讯息：浩之介和今井的不在场证据都不明确，目前正在搜查相关证据，而浩之介和夫人为共犯的调查方向也被提及。虽然很期待，但只有一个盲人的证词，所以连手握独家报道而意气风发的辻，也进入搜查难以展开阶段，看样子得找到决定性的证据。

★

要是问乃田夫人敲诈一事，她绝对仍会坚持说不记得被敲诈，那是盲人的幻听，所以阿常就必须以难以释怀的心情度日。

“这都是辻先生的罪过。”

因为阿常心怀憎恨，辻也很难过。

“马上就掌握真相，会给你长脸的。”

辻嘴上虽这么说，但心中不悦。总社为了充分利用这个独家报道，还派来了支援的记者，如此一来，总觉得是在分社和总社的记者之间争功劳，为了面子也要努力，他深觉悲怆，每天都禁不住要喝酒。

关于今井，总社彻底调查了其在东京的情况，但不在场的证据依然不明确，在热海案发的那个时间前后，没有人释放出积极的信号表明见过他，所以总社无计可施。从火烧痕迹中没有发现他的遗物，总之今井知道当晚大川会收到一笔巨款。但调查乃田家的保险柜，发现现金约有两百五十万日元，及卖掉矿山后翌日的五百万日元存款，加上烧毁的一百万日元，合计约八百五十万日元。将近九百万日元中还剩下这么多钱，所以要说今井有犯罪行为则有些奇怪。反倒最终只能断定大川特意来收债是不符合事实的。

如此说来，从窗外扣窗敲诈的可能是大川本人。这种情况下，可以认为凶手是夫人，或者浩之介是共犯。

于是，某日帮浩之介干活的夜校小伙计来拜访过。

“辻先生，我有些害怕，就逃离了那个家。如果我的话对您有帮助，能帮我找份工作吗？”

“或许并不是报社，但如果你的话对我有帮助，我会帮你找个比现在好几倍的公司或商店。你要说什么？”

“是昨晚的事情。夜里十二点，我看到打理庭院的老爷爷悄悄离开了院子，因为我看到了可怕的东西，就悄悄跟着他。他转身绕过院子，来敲夫人房间的窗户。随后他收了夫人的什么东西，之后有所行动。”

“后来呢？”

“那时老爷爷用低沉的嘶哑声念着外国的咒语之类的东西。南无阿……听起来好像是这样。”

“南无阿？”

“是的，拉长发音是那么说。我确实听见他那么说呀。”

“夫人呢？”

“什么都没回答。检查物品后关上窗户。”

“物品的形状呢？”

“那可不清楚，好像是书或杂志吧。老爷爷收到的东西果然是钱啊，我是之后了解到的，那是成捆儿的钞票，两百万日元。因为这天三百万日元的火灾保险进账，因此是其中的一部分。”

“你是怎么知道的？”

“今早老婆婆光明正大说的。说是从夫人那领了两百万的退休津贴，想回老家开个小店。听到这些，浩之介老爷脸色大变，拖着瘸腿去了夫人房间，而后又精神恍惚地回来。或许夫人告诉他的确给了退休津贴。浩之介呻吟般小声嘀咕：‘敲诈者是那家伙吗？难以置信！’说完就去了某处。所以呀，我就整理好行李逃出来了。”

“你的话太出人意料了。”

“那家还会发生点什么，我怕得不得了。”

“怀疑完全相信的事物，这也是侦探小说的第一课。老爷爷的不在场证明很完美，没有怀疑的余地。不过，应该还是有可能人为地制造完美的不在场证明。”

辻赶赴乃田家。老爷爷正高兴地做着搬家的打包准备。他看到辻后先主动打招呼。

“啊，记者先生，那个小伙计紧急向你汇报了？”

“真是一语道破啊。听说你领了两百万日元的退休津贴。”

“是的。因为我也在这服务了将近三十七八年，别处会给更高的退休津贴呢。”

“这些话不必告诉别人。”

“这可是我引以为傲之事，没必要隐瞒正式得到的东西。”

“即便是深更半夜敲窗户秘密得到的东西吗？”

“按定下的老规矩，男佣是要从院子绕行的。”

从老爷爷的话语和表情感觉不出其有吃惊的样子。他意识到被小伙计看到一事，虽然终究见不到夫人，但请女佣帮忙传话，得到了与老爷爷同样的回答：因为他常年连续工作，确实给了两百万日元退休津贴。当问及女佣老爷爷深夜敲窗是否从夫人那领取的是退休津贴，回答确实是退休津贴，其余的无可奉告。

辻驱车前往按摩馆，强行掳走般把阿常小姐塞进车里，把她带到老爷爷家。

“阿常小姐，你对这个声音耳熟吗？我和老爷爷对话，你仔细辨别。”

“啊哈哈，我呀，当晚九点到十二点在蔬菜店下象棋。阿常不可能听到过啊。”

阿常痛苦地、无精打采地摇着头：

“那个声音很低沉，似乎只有一句，有些听不清。所以我辨别不出来。”

“哦，是吗？确实如此，阿常小姐听到那个男子说什么了？”

“他只说了‘你以后会后悔的’。”

“那我就说这句，您可听好了。是用这样低沉的声音说‘你以后会后悔的’吧。”

阿常小姐摇头示意。这意味着办不到、不知道。辻捶胸顿足，还是没能找到答案。

★

即便如此，辻还是以认为这是独家报道的心情，发送了长篇报道。但只是作为两段小新闻被刊载在地方版的一隅。该事件也渐渐被人淡忘。报道内容被订正为：工作了三十六七年的夫妻二人领到两百万日元退休津贴，不必那么小题大做。此外还被加上以下批评文字：正因为深夜敲窗的授受行为故意引人怀疑，这可以考虑为强化离别回忆的闹剧，就敲诈而言，应该用更自然而不造作的方法。

当这则新闻被忘却的时候，伊势崎九太夫出现在分社。他是热海旅馆的老板。以前是有名的魔术师，具有非常出色的侦探能力，曾独自解决过疑难案件，所以案件发生后，过已经三次去征询九太夫的意见。那次九太夫只刨根问底般地问了自己想了解的事情，却并未作答。

“总觉得那则新闻有些遗憾啊。报社记者不能有急于撰稿的毛病。那种事情要静观其变，这才是明智的做法。”

“不过，您过来告诉我这些是有原因的吧。把那篇报道写成退休津贴授受的闹剧是为了强化回忆，真是欲哭无泪呀。”

“那也是你写出如此大作的罪过吧。像外国的咒语般太过厉害了。”

“那是什么？”

九太夫已经忘记回答过的问题，开始了刨根问底的提问。幸好小伙计也住在这里，过把他叫来回答九太夫的提问。

“似乎老爷爷知道你跟踪他，但你没觉察到吧。”

“现在想来，我觉得老婆婆看到了，因为要从她家门前经过。”

“你确信他们在上演闹剧般授受的时候，没发现你吧？”

“是的，那时绝对没被发现。”

“敲窗的声音有多大？很大吧？”

“声音很大。如果侧耳倾听，即便距离二三十间也能听见。”

“脚步声呢？”

“虽是蹑手蹑脚，但能听见。”

“那么开窗的声音呢？”

“声音很大。”

“窗户打开多宽？”

“四五寸吧。”

“房间开着灯吧？”

“没那么亮。我觉得可能是小电灯泡的台灯。”

“夫人一直沉默吧？”

“是的。”

“哦，我掌握了很多情况。然后关于浩之介，事发当晚大约十一点你们在路上遇到，然后一起回来，属实吗？”

“没错。有时大概会在热海银座和车站的下山路上遇到，我恰巧从那里往山手①方向走。从那到乃田家还很远。因为是上坡，跛脚的浩之介要走很长时间。”

“发生火灾的时候你在睡觉吧？”

“是的，消防车到来被人叫醒之前，我一无所知。”

“所以我开始明白了很多事情，但是为什么做那件事呢？”

“是我吗？”

“失礼失礼，当然不是你。是那个人啊。他做困难之事的理由。”

“是谁？”

过用兴奋的声音问道，九太夫没有回答。

“总之，今晚夜深后用实验验证吧。请大约晚上十二点来寒舍，做个很小的实验。就算这个实验能顺利进行，还有很多不解之事，破获案件就是要一步一步来的。”

九太夫约定好就回去了。那晚十二点左右，过拜访了九太夫。九太夫在等他。

“此处沿海，能听到大海的声音，所以我就事先预订了山手的安静的旅馆。我已经准备好了。”

---

① 山手，指日本静冈县热海市山手町。——编者注

“沿海不行吗?”

“是的，因为是关于声音的实验。”

在山手的一个幽静的旅馆处下车，九太夫把辻领到楼下安静的房间。

“你找这个房间辛苦了，似乎条件基本具备。你在那边静静看着。即使出声，你也不能活动身体。实验过程中要控制所有声音。我先坐在这个走廊的椅子上，事先打开通往隔壁房间走廊的小门。然后，此时叫阿常小姐，那个女人深信自己是直觉敏锐的盲人，但盲人因为看不见，就不知道和其他事物做比较。阿常小姐爱说的口头禅就是‘我直觉敏锐，自己能行’，但她的直觉非常不可靠。她沿着走廊的墙壁慢慢地、慢慢地前进。如果她去厕所等处，就会撞到什么，为此非常苦恼。前几天我自言自语的时候，她惊讶地问‘有人吗’。那么，现在就叫她，从现在起不要发出声音，请等下。”

不久，阿常似乎沿着墙壁慢慢地走过来，开门前连脚步声都听不到，她打开门。

“晚上好。”

“请在那个房间稍等，谈话马上结束。”

“总觉得是你不好。今晚你想在安静的房间按摩后休息，却不求人带路，没想到你竟然从隔壁房间打开小门。我希望你马上离开。”

“我太失礼了，因为不了解那些规矩，真是太失礼了。那么，晚安。”

九太夫一人分饰两角。只是稍微改变了声音和音调，并不是那么富有变化的角色扮演。九太夫离开椅子后没有走动，他将手伸向后方，嘎啦嘎啦地关上了小门。

“喂，来啊，现在无礼的客人离开了。阿常小姐，请进。”

“好的。”

阿常进了房间。

“阿常小姐，你认识刚才的客人吧？”

“哎呀，只听声音的话是不知道的，是我认识的人吗？是来这个旅馆的人吧？那么是小田原的河上先生吧？听口音就知道啦。”

“听不到他的脚步声啊。你听到他出去的脚步声了吗？”

“因为关着门，所以能知道。他是不好意思才蹑手蹑脚逃离的吧？不像他的风格啊。”

九太夫哧哧地笑起来。随后呼唤过。

“喂，辻先生。我之前也以为是这样的。前几天，阿常小姐错把我自言自语的声音当作别人的声音，我见状后就想光靠这个实验结果就能明白。”

“哎呀，是辻先生吗？你没离开房间啊。按道理应该听不到脚步声啊。”

“的确是个有趣的实验啊。但我越发糊涂了。”

“是这么一回事。那个妇人既能表演能乐，又会演奏长调①。她能轻易地变化声音，模仿男性更是轻而易举吧。”

阿常比辻更吃惊，她有些垂头丧气。

“如此说来，那时我听到的是夫人的假声吗？”

“我认为是的。所以尽管你听到关门的声音，但听不到开门的声音。如果那么缓慢地沿着墙壁途经长长的走廊，应该会听到开门声，也就是说大概在你离开侧楼前，门就开着。而且可能在等你。倘若关上门，即便听不到离开的声音似乎也无所谓，或许这就叫‘虎头蛇尾’。但对于阿常小姐来说，只思考关键点就足够了。这就是你的优点，不偏执且性情温和。”

“说得我都害羞了。”

“哎哟，那才是阿常小姐的价值啊。因为你是个如果想骗人就一定会被人骗的老好人啊。”九太夫如此安慰着阿常，然后面向辻说道，“那么，今晚让我们在这个安静的旅馆想想吧。夫人为何要这样做？我用小田原的河上先生名义，为你准备好

① 长调，日本一种传统音乐，是一种作为歌舞伎舞蹈伴奏音乐而发展起来的弹奏音乐。

了房间哦。”

★

因为辻是报社记者，所以急着下结论。他醒来后大致推断出事件的来龙去脉。

最花时间的便是破解外国的咒语，和阿常的错觉一样，这也应该视作小伙计的错觉。得出结论后辻也很急躁，其天生的性格使他不禁要马上报道这则新闻。他等九太夫起床后，立即一屁股盘腿坐在面前说：“此案件是夫人委托老爷爷杀人。”

“原来如此。”

“我认为夫人事后判断可能会被老爷爷敲诈，所以就故意说给阿常听，她天生多嘴，守不住秘密。因为老爷爷的不在场证明是在晚上十二点前，如果解决了夫人的假声一事，应该就没有不在场证明了。因为火灾大概于一点四十几分被发现，即夫人的假声起到了扰乱嫌疑人不在场证明的作用。”

“这个关注点很有趣。”

“因此，老爷爷发挥了很大作用，且他煞有介事地完成此事，却没有动用包里的一百万日元。当然，包里的一百万日元作为设局费，两百万日元是他的报酬。不过，这群家伙还稚气未脱，所以才故意在窗外敲窗念着‘南无阿’，他们当时不是念着假字据，说着讨人嫌的话吗？”

“假字据。你看得真准啊。”

“老爷爷凭假字据的收条，从一筹莫展的夫人那得到两百万日元。这笔钱确实必须给，夫人无论再怎么被人嘲笑，除了给钱赶走他之外别无他法。”

“是吗？那就再次去你们报社分社，问问那个小伙计吧。”

“小伙计绝不会是凶手吧？”

“当然不是，我有一事要问问小伙计。”两人到达辻的报社分社后，立即叫来小伙计。九太夫向他发问。问题实在是让人意想不到。

“在那个宅子内，谁先看报纸？”

小伙计吃惊得竟无法立即回答。

“让我想想。我上夜校要熬夜，不能早起，而里屋的人都起得晚。因为最后报纸投入老爷爷的窗口，加之那对夫妻起得早，所以在我们起床前，他几乎能把所有看似有趣的新闻都背下来。”

“那家也有辻先生的报社的报纸吧。”

“当然有。因为夫人炒股，所以大多数的报纸，她都会浏览。”

九太夫点头会意。

“破获案件的头绪就在于此。老爷爷定是在事发第三日最先看到报纸，因为这是他每天的习惯，所以自然可以这么考虑。在你通过那天早上的新闻报纸报道该事件之前，警察和其他报社记者都忘记了阿常的存在。他们认为：断定为过失致死或自杀，就不必再向按摩师等人问话了。因此，即便报道前日辻先生独自来采访，但警察几乎已认定为过失致死，凶手可能也不那么在意。尤其是凶手不知道一件事，即死者房间里的能乐面具。可能你也问了那个面具，但只是兴趣使然的提问方式，没有深入联系事件进行采访吧。”

“是啊，好像没有以另一种方式提问。被害人让按摩师戴上女鬼面具给他按摩，这就增加了一个附属兴趣点，采访也因此让人充满期待。”

“是啊。但阅读当日新闻，事实并非如此。报纸上写着一个不容忽视的事实，当日阿常也是戴着女鬼面具按摩的，按完后她把面具放到桌上，没锁门就离开了。如果这个能乐面具没被烧毁，还在宅子中某处，不正清楚地表明持有人或能够持有的人就是凶手吗？这就是所谓的‘早起的鸟儿有虫吃’吧。管理庭院的老爷爷最先读到该信息。且每天他都到处打扫住宅和庭院，所以最了解室内和园内哪里有什么。如果他在某处见到那个面具，且在人们没有读报纸之前就得到它，那么这个面具就成了敲诈的工具。两百万日元的金额算低了，也就是说那个老爷爷的敲诈，不过是他在你完成报道之日开始的新买卖。当新闻的余热开始冷却后，他才真正地开始敲诈，之后逃走。他用于与夫人的两百万日元相交换的物品，并不是咒语和假字据，而是《罗生门》①，或许就是《罗生门》中的女鬼面具吧。"

辻目瞪口呆之时，小伙计大叫起来。

"是啊。是面具。恰好是像面具那样大的物品。"

辻有些想不通的样子，便说：

"因此很多事都弄清楚了，但夫人为何用假声之事，以及为何带回能乐面具呢？"

"我认为可能有多种解释，如果阅读侦探小说，特别是在西方侦探小说中，女人被坏人敲诈的时候，绝对是以无可奉告的姿态坚持到底，且优秀的男人知道秘密后保护女人，反倒会不顾一切地和她在一起，因此很多事例不能验证女人的不在场证明。或许她打算反用这些事例，独创了无可奉告的新方式。我认为其手段很高明。"

"原来如此啊。报纸在敲诈事件上，似乎也未深究她无可

---

①《罗生门》，此处指日本能乐剧目《罗生门》，由观世信光所作。剧中内容为主人公渡边纲前往罗生门，与鬼搏斗的故事。

奉告的内情。”

“是啊。接下来就是面具一事了，会不会是夫人戴上女鬼面具遮住脸做的呢？随后她锁门，点火，再锁门，拼命逃走。也许她到自己的房间前还一直戴着面具，就这样把它带了回来。所以，如果报纸上不出现老爷爷拿某物骗取两百万日元的那则新闻，或许还能再次见到那个能乐面具，但现在已经没希望了吧。总之，失去了所有物证。”

辻听到这愈发失望。即便报道此事，可如果没有物证，就不能获得巨大成功。一切仅是九太夫的推理，确实感到遗憾。他环抱胳膊陷入了沉思。

“不过，必须报道此事。哪怕是为了让老爷爷招认，也一定报道。”

九太夫平静地制止了他。

“世间的重大新闻最好谨防落空。那个老爷爷是不会招认的，但我认为天谴自然会降临到凶手的头上。因为夫人已经没有余钱了。今后或许她对股票会更加投入，两个伙伴中的一人被自己杀害，另一人背叛自己离去。她的钱如扬沙般消失，毁灭自然会到来。老丑至极之时，丑事就会暴露于天下，她或许会成为乞丐死在路旁。”

此预言确实在近期实现了。浩之介卷走所有的钱逃走了。

他留下信说如果去警察那告发他，就揭露杀害大川的真相。因为浩之介既知晓家里的内情，又熟悉侦探小说，所以可以和九太夫做出同样的推理。他也能悟出和两百万日元交换的是能乐面具。

夫人自暴自弃，把剩余的全部财产拿来炒股，短时间内把钱花光，不久便自缢身亡。

暗　号

矢岛每次因公去神田的时候，总会步行去旧书店看看。因为太田亮先生所著的《日本古代的社会组织研究》映入眼帘，他便拿起这本书。矢岛也曾收藏过此书，但出征时藏书都被战火烧得精光。因为再次邂逅失去的书籍很是怀念，他不由得爱不释手。但他并不想买，心想事到如今，即使再买回一两册也无济于事。可他却难以割舍，内心有些苦涩。

他翻开书，看到扉页上印有“神尾藏书”，很眼熟的印章。这定是战死老友的藏书，他那无人看守的家也被战火烧毁，之后遗孀应该回到了仙台的老家。

矢岛因为怀念老友，便买了那本书。他回到出版社里翻开一看，发现夹页间有张熟悉的信笺，那是鱼纹书馆的信笺。矢岛和神尾出征前都在那里的编辑部工作。纸上只是记录着下列数字。

（在此横排）

34　14　14

37　1　7

36　4　10

54　11　2

370　1　2

366　2　4

370　1　1

369　3　1

367　9　6

365　10　3

365　10　7

365　11　4

365　10　9

368 6 2

370 10 7

367 6 1

370 4 1

（到此横排结束）

矢岛原以为这是用作备忘而记下的页码，但因为相同数字凑在一起，似乎并不是备忘录。他心想该不会是暗号吧。因为有空，突然想尝试下解密，但进行到三十四页十四行第十四组的四字时，他突然紧张得说不出话来。

七月五日下午三点，在老地方。

全部组成这句话，这明显是暗号。

神尾是个善于书写的男人，这些数字写得不太漂亮，似乎是女人的笔迹。不过，此书在流散之际，就算卖给了别人，但因为是鱼纹书馆的信笺，所以毫无疑问这个暗号和神尾有关。

信笺被折成四折。如此说来，像是来自他情人的信。

矢岛和神尾是最亲密的朋友。因为两人爱好相同，对历史，特别是对神代①的民族学研究很感兴趣。他们互借文献，互相汇报研究进展，还经常一起外出进行田野调查。因为关系亲密，他们相互了解对方的生活内幕，朋友也大体相同，那么，回想起来，仅这二人是有共同兴趣的好友，在鱼纹书馆的职员中也找不到同好之人。不仅如此，因为此书几乎在市场上见不到，矢岛很久以前就收藏了，但记得神尾是在矢岛即将出征前购入的。

并且，在矢岛出征前，也没听说神尾有情人。如果有的话，即便隐瞒他妻子，也应该只会向矢岛坦白。

矢岛于昭和十九年（1944）三月二日出征，神尾于第二年的昭和二十年（1945）二月出征。他奔赴海外并战死在当地。如此说来，这个七月五日定是矢岛出征后的昭和十九年的那一天。

矢岛曾把公司的信笺带回去使用。其他的职员也都如此，因为当时商店里没有纸，每个人带回自家的数量足够作为长期的储备，矢岛出征后留下的空屋里应该也留有不少这样的信笺。

矢岛想到了妻子多贺子。神尾的朋友中，只有在矢岛无人

---

① 神代，指传说中日本神武天皇即位之前由神统治的时代。

的家中藏有这本书。且那里也有这种信笺。

神尾非轻薄之人，也非猎艳之人。但是，世人多有出轨之心，人都有这种可能性。

矢岛复员归来，发现多贺子已失明待在老家。自己的家受到空袭并着火，多贺子当场失明倒下，之后被担架抬到医院，虽然她得到救治，但在忙乱中与两个孩子失散，他们是死在哪里了吗？两个孩子就此杳无音信。

被医院收治的多贺子与老家取得联系，父亲来东京时，距遭受灾害已过去两个多星期，据说让父亲看了火灾后的痕迹，但没有任何线索。

多贺子脸上的烧伤已经复原，如果不注意看，就不会发现。

神尾战死了，多贺子也失明了。矢岛意识到可能是自己遭天谴所致，深感可耻，有些无法忍受痛苦。

因为没有确切证据表明是多贺子写的暗号，更何况一人失明，一人死去。事到如今，也没有必要追究过往。因为战争就是一场噩梦，矢岛试着努力调适心情，他虽然把买的书带回了家，但把它塞进一个角落，并打算概不告诉多贺子。但是，这一用心却成为他的沉重负担，矢岛将此事藏在心里，为此他深受秘密的折磨，痛苦在不断累积。

不久，矢岛突然意识到在出征前，多贺子总是靠在他的左侧。新婚时的甜蜜记忆还留存在多贺子的脑海，她已形成了这个习惯。

深夜，矢岛坐在桌前埋头读书。多贺子靠近他。矢岛放下手中的书，亲吻多贺子。而后，挠痒逗乐，嘻嘻哈哈地大说大笑，他们度过了单纯快乐的新婚生活，从那时起，多贺子定会靠在矢岛的左侧。即便在卧室，多贺子总是在丈夫的左侧准备好自己的枕头。

新婚为矢岛开启了新世界的大门。矢岛享受着多贺子为他敞开的女性世界。有时他会好奇，并激发他的探究欲。在那个好奇的新世界，多贺子总是靠在左侧，睡向左侧，千篇一律且准确无误，矢岛曾反复思考这个习惯。这不可能是本能，他想或许是很久以前就有的习惯，多贺子被教导这样做，或许只是自己不知道。矢岛接触史书近二十年，但还没有读到过类似这样习惯的记载，所以事实或许并非如此。

如此说来，或许男人的右手应该是爱抚之手，按此思路，多贺子靠在其左侧的行为，非常像动物的本能，虽然不是令人愉快的想象，但事实上，因为在右侧，似乎感觉自己不成体统，或许并非有深刻含义，仅是两人自然形成的习惯而已。

但矢岛从战争中返回后，多贺子抑或靠在左侧，抑或靠在右侧，连睡觉的时候也变得左右不定。不过，矢岛想这也情有可原，因为多贺子失明了。

然而，矢岛思前想后，突然从有暗号的信件中意识到一件可怕的事情，他一时间因为混乱而感到茫然。

神尾是左撇子。

★

矢岛复员后，在著名出版社担任出版部长一职。他正好因公去仙台约稿，神尾的妻子被遣返到仙台，反正要去拜访，就把那本书装进了包里。

矢岛办完公务后，便去拜访神尾夫人的遣返地。房子位于尚未烧掉的山冈上，此处能够俯瞰广濑川的波涛，视野开阔。

神尾夫人很高兴再次见到矢岛，便用酒菜招待他，夫人也举起酒杯，她眼中充满醉意，看上去充满活力、情绪高涨。矢岛似乎深刻体会到了未失明女人的美丽。

神尾夫人原本就很漂亮，比起失明的多贺子，这是明显的巨大差距。然而，矢岛想到这个生动活泼之人和自己一样，都是被神尾和多贺子背叛的受害者，就觉得加害者的不堪太具讽刺意味，我们的现实太奇妙了。

矢岛突然想到倘若多贺子不只是失明，她和孩子一同死去，或许自己会利用这个机会向神尾夫人求婚。随后，他意识到自己变得异常充满情欲时，思绪便再次回到神尾和多贺子的事情上，他不禁被一种强烈的真实感受所威胁——恰如自己现在如此龌龊，他们也曾这般不堪。

神尾的大女儿从学校回来了。她已是女子学校的二年级学生。如果矢岛的女儿还活着，也应该这么大了。神尾的大女儿活泼开朗，且出落成了美丽的女学生。她比母亲更活泼开朗，在不停地站立、踱步、坐下、转身、微笑、露出害羞的眼神。矢岛想到妻子总是落寞地坐着，她手紧贴墙壁像在爬行，有时还会靠在他的肩膀上，只是化成物体重量，像是无力滑行的动物。矢岛突然想到要是孩子还活着，起码也会像这个小女孩一样，活生生地在自己的周围站立和踱步，这该有多好，他有些想哭。矢岛忽然有些心情低落，再也高兴不起来了，因为有些坐立难安，他最后便提起那件事。

“其实，在神田的旧书店，我发现神尾君的一本藏书，便买下来作为遗物珍藏。”

他从包里取出那本书。

“您把神尾的书全卖了吗？”

夫人接过那本书，注视着扉页的藏书印。

“神尾出征的时候，指定了一些可卖、不可卖的书后才离开的。本想着尽量不卖，全部转移的。但因当时运输困难，在他指定的藏书范围内，只能搬运最小限度的藏书。那时我还担心贱卖掉全部藏书，神尾活着回来后定会难过。”

“只是对于那些需要的人来说，是很珍贵的书籍，您集中卖给旧书店了吗?”

“集中卖给了附近的一家小的旧书店。卖得很便宜，虽然不是很需要钱，但一想到那些书饱含了丈夫的爱书之情，就心如刀绞。”

“不过，您在房屋被烧毁前转移这些书，可真明智啊。”

“唯有此事还算幸运。因为在出征的同时就进行转移，那是昭和二十年（1945）的二月，东京还没有大空袭。”

如此说来，神尾的藏书没有交到鱼纹书馆的同事手中。那个暗号的七月五日限定在昭和十九年，除了多贺子，还会是谁写的呢?

矢岛想若无其事地说那本书里有类似奇怪的暗号，但对方定会义正词严予以否认，所以他怎么也说不出口。矢岛想未失明之人此时真是麻烦。

就在此时，正在翻阅此书的神尾夫人突然抬起头：

“不过，也太奇怪了。我觉得这本书确实带到这边来了。我确实见过。”

“您没记错吧。”

“没错，的确这里有个藏书印，但太奇怪了，我也确实眼熟。我查查看。”

夫人把矢岛领到藏书前。一百本左右的书被堆放在壁龛的角落。夫人立即大叫：

“有这本书！你看，在这里，是这本吧。”

矢岛目瞪口呆。确实发生了难以置信的事情，相同的书的确就在那里。

矢岛拿起那本书，检查内页。这本书的扉页处没有神尾的藏书印。不知道是何缘故，他实在难以理解，恍惚地翻阅此书，有些地方画着红线。试着选读其中的内容，他突然意识到，那是自己的书。毫无疑问，那是他自己画的红线。

“明白了。这里放着的书是我自己的。究竟何时做了这样的交换呢？”

“真是不可思议啊。”

神尾和多贺子商量好用这本书做暗号。在见面商议的时候，是不是拿错了呢？矢岛觉得这就是神的旨意，在向众人展示做坏事的证据，他原已为神尾和多贺子的关系进退两难，但看到这样的证据，他内心沉重，已无可救药。矢岛被痛苦击垮，精神恍惚。

但他脑海中突然浮现一个记忆片段，就像逐渐照进一束光，他有个惊人的发现，大叫“原来是这么回事啊”。

拿错此书的是矢岛自己。矢岛曾把它借给过神尾，之后神尾也买了这本书。矢岛的征兵令来后，神尾备感不舍，便在家中招待他。当时因为神尾要还之前借阅的书，矢岛便带回来几本，其中一本就是此书。且在找此书的时候，两人都已喝醉，也没细看，就带回来了。可能是那时弄错了。

就这样，矢岛也没工夫查阅书中内容，就慌忙出征了。因此，矢岛的书就留在了神尾家。

★

矢岛仅存了一册藏书用于怀念神尾，他把带来的书留在了原持有人的藏书中，相应地拿回自己的书，就回了东京。

但是，他越来越想不通。

此书应该在自己无人的家中，且理应全部化为灰烬，但为何会出现在书店里呢？

是空袭灾难前把藏书变卖了吗？但家里不可能生活困难。因为他有父母留下的财产，不同于封锁①的如今，绝不可能生

① 封锁，指1946年2月17日日本政府为控制国内通货膨胀，开始实施的预金封锁（储蓄金冻结）的金融政策。——编者注

活拮据。

矢岛返回东京问多贺子。

“我有本藏书在旧书店里。”

“是吗？那可真稀奇啊。没都被烧毁，太好了，你买回来了吧，哪本书啊？给我看看。”

多贺子将那本书放到膝盖上，很怀念似的抚摸着它。

“什么书啊？”

“书名很长，叫《日本古代的社会组织研究》。”

矢岛绷着脸说出书名，多贺子却一直在安静地轻抚着书。

“我的书应该都被烧毁了，为什么会有一本出现在书店呢？真是不可思议。你没卖吧。”

“不可能卖掉。”

“我不在家的时候，没借给别人吗？”

“让我想想……如果是杂志或小说，有可能借给邻居。但这么大本内容艰深的书，不可能借给别人。”

“那被偷走呢？”

“那也不可能。”

理应全都化为灰烬的书，却还留有一册在书店售卖。

如此不可思议之事，多贺子却并不那么吃惊，只是格外怀念。

“是你借给谁，忘了，才被卖了的吧。”

多贺子冷静地说。

“当然没有那种可能。这本书是在我即将出征前带回家中的。”

多贺子失明了。眼睛才是表情的关键。或许失去眼睛，就等同于失去所有的表情。至少，只要失明，通过努力定会很容易“抹杀”表情。矢岛必须意识到试图从多贺子的表情中识破真相是白费努力。

不过，还有别的办法。他想既然已经追溯至此，便想尽一切办法试图弄清真相。

矢岛奔赴买书的神田的旧书店问了卖主。虽然账本上没有记录，但店主还记得此书，并非有人过来卖此书，而是通知他去买的，他还告诉了那卖家住处在什么地方。

那幢洋楼并不太大，还没有被烧掉。

房屋主人不在家，没人能回答书的出处，但此人单位离矢岛的出版社很近，所以矢岛便去那里拜访了他，并得以相见。对方看似三十五六岁，身体虚弱，是某个专营学术出版的出版社的编辑。

两人职业相同，又都是爱书之人，他听闻矢岛来意后，似乎对矢岛为一本书如此费心，很有好感和同感。

那人是如此讲述情况的。

东京大部分已被大火烧光，初夏的一天他走在自家附近，看见有个男人在行人甚少的路上铺上报纸，摆上大约二十几本书，正在等顾客。他走近一看，都是些关于日本史的名著，因为都是当时很难得到的书，除了已经收藏的书，他买入多半。买的书大多关于天主教。一问书名，这显然是矢岛的藏书。他因为想变卖获取资金，就卖掉了上代相关的书，因为手里还留有天主教相关书籍，矢岛的旧藏也有十本左右。

那人说道："会不会是把没有烧掉的书拿到外边，之后被偷了？"

"或许是那样吧。我妻子当日眼睛受伤，失明了，两个孩子可能被烧死了。与老家取得联系，在父亲进京前的两周，因为没人巡视我家火灾后的废墟，父亲赶往废墟时已经空无一物。但是，因为妻子没告诉我将那本书拿出来，所以我也无法想象如此还保留了一部分藏书。"

然而，尽管通过询问得知了矢岛的藏书没被烧毁的缘由，但令人不解的是：明明是矢岛家的东西，为何书中有多贺子记录的暗号呢？多贺子忘记拿出来了？不，她不可能忘记拿出来。一旦写上了暗号，如果需要更正，会另外重写。且应该理解为无意中忘记把之前的一份放在了哪里。即便如此，神尾去世了，矢岛的家也被烧毁。家里的一切物件都被烧毁，只剩下十几本被盗的书，多贺子忘记把一张写有暗号的废纸放在何处。这本书藏有秘密的唯一线索，历经波折，又回到矢岛本人的手里，这是怎样的命运安排啊？

神尾死了，多贺子失明，秘密的主角们或丧命，或失去了眼睛，但人世仅存获悉秘密的线索却没有被大火烧毁。想不到会经由盗贼之手，终于这般回到唯一的解密者手里。那本书难道不是充满了魔性般的执念？宛如四谷怪谈①中那个幽灵的复仇心一样。即便将之看作神的意志，这种莫名的令人恐惧的执念在世间也是不可思议的偶然。

矢岛深为感慨，那人曲解了他的想法。

“老实说，我虽说变卖换钱，但至今还为卖掉珍藏的书而后悔。正因为这样的心情，我非常能体会你的心情。我至今还不能忍受亲手卖掉曾经所收藏的书的痛苦，这是我的真心话。”

矢岛急忙打断他似乎难以言明的絮叨之语。

“不，不是，事到如今，烧毁的十几本藏书即便回到手中，反而会更难过。我只是回忆起我家遭受火灾时的情景，陷入感

---

① 四谷怪谈，指《东海道四谷怪谈》，歌舞伎剧目，由四世鹤屋南北所作，1825年在江户中村座剧场首次公演。故事内容为盐冶家的浪人民谷伊右卫门为发迹图谋毒杀妻子阿岩，阿岩含怨而死，化为怨魂作祟，使谷伊右卫门身败名裂。

慨而已。”

矢岛谢过其好意后，就此别过。

★

那晚，矢岛问了多贺子。

“我知道那本书怎样留存下来了。除了那本书，还有十几本书没被烧掉。在烧毁房子之前，有人将这些书拿了出来。你说过没拿出来吧，那究竟是不是拿出来的呢？你是不是忘了？冷静地回想下当时的场景。”

多贺子虽是失明的表情，但似乎在思考。

“空袭警报响起后，你做了什么？”

“那天我的直觉告诉我这个地区会被空袭，因为只剩下这里了。空袭警报响起之前，我已经换上防空服，叫醒熟睡的孩子们，花很长时间才给他们穿上衣服，我感觉到要被袭击，因为过于着急，给他们穿好衣服后出门也没顾得上仰望天空，探照灯左右交错地晃着，高射炮响起，随后火势变猛。我突然注意到，在探照灯范围内左右扫射的飞机，垂直飞到我们的头顶。我一时间恐惧得似乎发了疯，两手硬拽着孩子，逃进防空洞。仅当时的恐怖，就没有产生任何拿出东西的想法。在屏住呼吸的过程中，虽然很恐惧，但逐渐有了些想法。那时秋夫说妈妈两手空空，如果房屋被烧毁就麻烦了。随即和子也附和说：‘一定会变成乞丐饿死的，哎，拿点东西出来吧。’于是，我们走出防空洞。那时，四周的天空一片鲜红。但我们只瞥了一眼，便尽情奔跑。那时，我的眼睛还能看见。整片天空，没有丝毫缝隙，一片火红。是的，似乎摇晃着向这边移动，整片火红的天空。”

映照着火红的天空，多贺子的眼睛被永久地“关闭”了。矢岛想或许如今只有火红的天空烙印在多贺子的眼里。他难以忍受这种悲痛。

自己竟然如此残忍——让她回忆起被现实的炮火灼伤眼睛，倒下之前的人生憾事，追究尘封的过往秘密是否就能实现正义？矢岛暗暗扪心自问。在他没有得出答案前，多贺子继续说：

“因为我胆小，吓得惊慌失措，那之后的事情就记不清了。应该是往返了大约三次。我想是搬运了粮食和被子。那时，我还能看见，但看到了什么，就不清楚了。我最后看见的不是物品，而是声音。和声音同时出现的闪光，那就是我最后看到的。哎，那晚，我给孩子穿好衣服，拉着手跑，聚在防空洞里，靠在他们身旁，但我却没看到孩子的身影。我最后看到的是炽热的天空——恶魔的天空。哎，孩子们从我边上走过，搬运东西，明明擦肩而过，而我却看不到他们的身影。哎，为什么看不到呢？为什么没能看见呢？哎，为什么我什么都没看见呢？”

“好了，够了！别说了。让你想起痛苦的往事，抱歉。”

因为多贺子不可能看见，矢岛两手堵住耳朵，顺便躺下。他想着不再追究此事。

但到了第二天，矢岛又有了别的想法：应该一码归一码。他再度起疑：借由失明的悲痛掩盖秘密，这会不会是多贺子的一个计谋？有个让人进退两难的证据。他认为这本书似乎有种魔性般的执念，逃过大火又回到他的手里，而这沉重的事实似乎暗示他应该识破这妖女的圈套，揭露事实的真相。

这天去上班，昨天见到的那个藏书主人打来电话。

“其实……”

声音的主人说出了令人出乎意料的事实。

“我昨天说就好了，如今，好不容易想起来了。在你之前的藏书里，我买时翻阅了一下，每本书里都夹着纸，上面排列着类似备忘页码的数字。我想对于当事人来说，或许是很重要的记录。我并没想到竟然能邂逅它的原主人。哎，总有种想怜惜它的感伤，于是就原封不动地夹在书里。如果您想看，明天我给您送去。”

矢岛慌忙答道：

“不必了，如果不一起查看记录和那本书，就不会明白其中含义。那么，请允许我和您一起回家，从众多书中取出相关书籍。”

随后，矢岛得到了对方的许可。

每本书中都有各自的暗号。那是何用意呢？原来如此，他和神尾的藏书大都相同。他们事先确定好书的序号，每封信都互通有无。即便如此，他手中的信里，却找不到相当于书的序号的数字。如果事先决定书的顺序，自然不需要书的序号，但即便如此，还是不明白每本书中夹着暗号纸的用意。每本书中写错暗号也很奇怪，而经常忘记放在书中的行为更奇怪。

带着谜团，矢岛让书的主人引路，去了他家。

因为矢岛有隐情，想稍微查阅下，并得到了查阅十分钟左右的许可，他找了原为自己的旧藏书，共有十一本。书中有夹着两张、三张、一张信笺的，共计出现十八张暗号信笺。

矢岛立即进行翻译。

在很短的翻译过程中，他感觉流了许多泪，比起到昨天为止的人生中流的眼泪总量还要多。他的身体似被掏空了。这是多么可爱的暗号啊！那个暗号的书写者不是多贺子，而是死去的两个孩子，那是秋夫与和子交换的信件。

因为书中没有关联性，留下的暗号也没有相应的顺序。但内容中讲述的孩子们的愉快生活，却让他心如刀绞。

那个暗号似乎自夏天起，没有七月前的记录。

我先去游泳池了。七月十日下午三点。

这个笔迹潦草，字写得很大，不整齐，出自秋夫之手。

在老地方等你。

和之前的那封信内容一样。所谓的老地方，是哪儿呢？大概是公园，或是某处令人开心的秘密场所。那是多让人开心的地方啊！

有关廊子下面小狗的事情，请别告诉妈妈。九月三日下午七点半。

我觉得你哭过，即使再掩饰，我也知道。

小狗之事，除此以外，还有数封提及。那个小狗的最终命运如何？在写有暗号的信件上没有提及。

兄妹在哪学会的这些暗号呢？因为身处战时，即便关于暗号方法之类的知识，可能他们也有很多机会掌握。

对于二人来说，这是暗号游戏的开心剧本，所以即便十万火急，他们也定会拼命拿出来，把它扔进防空洞。他们不用自己的书，而选择父亲的藏书，特别是看似很难读的大部头的书，也定是因为暗号这种重大秘密的权威性所要求的吧。

矢岛曾误认为那个密码是多贺子所写，如今想来也是滑稽，他逃过战火，在其他一切都被烧毁的时候，唯有暗号终于映入自己的眼帘。矢岛只能认为：是一种强烈的信念帮助自己了解到这些事实。

孩子们祈求和父亲说句告别辞，而暗号纸里则充满了这份至诚之情。如此想来也算合理吧。

不过，矢岛很满足，比他找到孩子的遗骨所在更让人满足。

“我们正在天堂玩耍。通过暗号正跟父亲说着话，而它的到来反倒是为了安慰父亲。”他相信孩子会如是说。

附录　坂口安吾文学年谱

1906 年（明治三十九年）/1 岁

10 月 20 日，出生于新潟县新潟市西大畑町 28 番户（现新潟市中央区西大畑町 579 号），在父亲仁一郎的十三个子女中排行第十二，上有四兄（二人早夭）七姊，下有一妹。由于出生于丙午年，又是第五子，故得名“炳五”。

1911 年（明治四十四年）/6 岁

进入西堀幼儿园就读，但厌恶刻板的幼儿园生活，时常逃学，漫无目的地闲逛于陌生的街道。是年起，母亲的歇斯底里症状加重。

1913 年（大正二年）/8 岁

进入寻常高等小学就读，被称作正义感强烈的孩子王。通过读书，对猿飞佐助的忍术、马庭念流的剑术产生强烈兴趣，暗自研究忍术的修炼方法。

1917 年（大正六年）/12 岁

由于母亲爱吃蛤蜊，于暴风雨中下海捉蛤，没有获得任何感谢，反而遭到严厉训斥。

1919 年（大正八年）/14 岁

进入县立新潟中学就读，在同学的推荐下开始阅读芥川龙之介、谷崎润一郎的作品。

1921 年（大正十年）/16 岁

近视加重，成绩下滑，频繁逃学，最终留级。同时对教师、高年级学生及学校的军事化管理表现出强烈的反抗态度。汉文教师对其极为不满，称：“你配不上‘炳五’这个名字，既然你看不清自己，以后就叫‘暗吾’吧。”同学中开始流传“Ango”的称呼。

1922年（大正十一年）/17岁

成功进入三年级，但逃学习性不改，终因成绩过差及打架事件等，被迫转入东京的丰山中学，与父亲、兄嫂等共同居住。在自传体小说《何处去》中，有一段逸话：“新潟中学三年级的夏天，我被开除了学籍。那时，我在课桌掀盖的背面刻下了一段装模作样的文字：余将成为伟大的落伍者，有朝一日重现于历史之中。”而在晚年的访谈中则改口称，刻下文字的位置是“柔道馆的板窗”。

在丰山中学就读期间，开始对宗教、哲学产生兴趣；喜读石川啄木、北原白秋的短歌，并尝试创作。逃学猖獗，依然如故。

1923年（大正十二年）/18岁

对佛教兴趣日益加深，并开始接触巴尔扎克等西方作家的作品。

初次尝试文学翻译。据自传体小说《风、光与二十岁的我》：“他（一名拳击手同学）让我翻译了一篇拳击题材的小说，以他的名义发表在《新青年》上，题目叫《人心收揽术》。那其实是我的译文。他本来说‘稿费一张三块钱，分你一半’，后来支支吾吾找借口，一个子儿也没给我。”

是年，父亲仁一郎病逝。

1924 年（大正十三年）/19 岁

尝试创作戏曲，未能完成。对文学怀有憧憬，但没有创作的自信。投身于田径等体育运动，获得优异成绩。

1925 年（大正十四年）/20 岁

自丰山中学毕业，成为茌原寻常高等小学下北泽分校的教员，教授五年级学生。进一步接触芥川龙之介、谷崎润一郎、正宗白鸟、佐藤春夫的作品，西方作家中尤喜契诃夫。

与同乡文学青年伴纯相熟，前往山中小屋，打算隐居一夏，旋因不堪条件艰苦而作罢。

1926 年（昭和元年）/21 岁

对佛教的向往日益强烈，辞去教员一职，进入东洋大学，专攻印度哲学。在学期间大量阅读佛教及哲学相关书籍，每日仅睡四个小时。

1927 年（昭和二年）/22 岁

由于长期睡眠不足，陷入神经衰弱。期末考试期间遭遇车祸，头部撞在水泥地上，头盖骨出现裂纹，此后开始出现抑郁症状。开始学习梵语、巴利语。

得知芥川龙之介自杀，深感震惊。

参与东洋大学罢课事件。

1928 年（昭和三年）/23 岁

进入 Athénée Français① 初等科就读，专攻法语。远离东洋大学罢课纷争。产生颓废派倾向。

这段时期初次尝试创作小说。据自传体小说《小山羊的记录》："我写下了第一篇小说。当时并不是希望成为小说家，只是读了契诃夫的某个短篇，情绪激动难以平息，于是自己也试着创作，用了一个晚上，写出那么一篇。现在情节都忘光了，只记得主人公是位老人。小说本身未必多好，当时带给我的只是一种快感：纵笔如飞，行云流水，一个晚上笔记本写得满满当当。"

---

① Athénée Français，日本著名语言学校，法国人 Joseph Cotte 于 1913 年创办，位于东京都千代田区。主要教授法语、拉丁语、希腊语等，许多知名文人曾在此学习。

1929年（昭和四年）/24岁

在Athénée Français升为中等科，嗜读法国作家莫里哀、伏尔泰、博马舍。产生前往法国留学的念头，终因担心精神不稳定而作罢。

1930年（昭和五年）/25岁

在Athénée Français升为高等科，东洋大学毕业。在报纸上看到某酒馆招聘经理，认为酒馆经理不需要强颜欢笑，不会因表情僵硬而被上司训斥，属于适合自己的工作，瞒着家人偷偷前往应聘；于面试中发现完全不能胜任，主动要回简历，狼狈离开。

与葛卷义敏（芥川龙之介外甥，于Athénée Français相识）、长岛萃等共同创办同人杂志《语言》，并于创刊号发表翻译文章《关于普鲁斯特的速写》。

1931年（昭和六年）/26岁

处女作《寒风中的酒窖》发表于《语言》第二号。葛卷义敏因整理芥川遗稿，与出版社岩波书店合作密切，在葛卷的努力下，《语言》改名《青马》，由岩波书店创刊。

《风博士》发表于《青马》创刊号，获小说家牧野信一高度评价，自此登上文坛，并与牧野保持密切来往。受牧野之邀，于杂志《文科》连载长篇小说《竹林之家》。

1932 年（昭和七年）/27 岁

二月，于《文艺春秋》发表《蝉》。

三月，于《青马》第五号发表《论 FARCE》。《青马》停刊。

对创作方向感到迷惘，决定走上“小说家”而非“诗人”的道路，从而与牧野产生意见分歧。

与酒吧“温莎”的女招待坂本睦子关系暧昧，以此为契机，与同样追求睦子的中原中也相识，结下深厚友谊。

于“温莎”结识女作家矢田津世子。

1933 年（昭和八年）/28 岁

二月，于《文艺春秋》发表《小房间》。

三月，与矢田津世子关系急剧升温。与矢田一道受邀，加入半同人杂志《樱花》。

六月，由于经费问题，与矢田等共同退出《樱花》。

八月，与矢田等创立“陀思妥耶夫斯基研究会”，因成员反响冷淡，一个月后中止。

十一月，于《行动》发表《陀思妥耶夫斯基与巴尔扎克》。

1934年（昭和九年）/29岁

一月，因长岛萃病逝，深受打击。

二月，于《纪元》发表《长岛之死》，后改题为《关于长岛之死》。

四处旅行。与矢田关系若即若离。

染上淋病，经井伏鳟二传授“秘方”，治愈。

1935年（昭和十年）/30岁

春，通过在竹村书房担任编辑的中学同学大江勋，参与《司汤达选集》的策划工作。

五月，于《作品》发表评论《拒绝枯淡的风格》，批评德田秋声，收到德田之弟子尾崎士郎的斗酒挑战，喝至吐血乃止。自此与尾崎结下终生友谊。

六月，由竹村书房出版第一本单行本《黑谷村》。

八月，于《文艺春秋》发表《渴望逃避的心》。

九月，开始创作以矢田为女主人公的连载小说《狼园》。

1936 年（昭和十一年）/31 岁

一月，《狼园》于《文学界》正式发表。数年未见的矢田登门，两人正式表明恋情，急剧陷入爱河，但持续未及一个月，终以分手作结，自此再无来往。

三月，《狼园》连载至第三期，作罢。牧野信一自杀，闻讯后深受打击，前往小田原奔丧。

五月，于《作品》发表《牧野先生之死》。重新染上淋病。

六月，开始构思野心勃勃的长篇小说《吹雪物语》。

夏，受竹村书房邀请策划一套法国文学丛书，未成；与尾崎士郎计划创办同人杂志《大浪漫》，终因稿件不足而作罢。

秋，受记者北原武夫之邀，不时于《都新闻》发表匿名评论。

十一月，正式开始《吹雪物语》的创作。

1937 年（昭和十二年）/32 岁

二月，为潜心创作《吹雪物语》，前往京都嵯峨投奔朋友隐岐和一，受到隐岐热情招待。

四月，加入同人杂志《文学生活》，不久《文学生活》停刊。

因金钱紧张，多次向朋友借钱。

年底，《吹雪物语》初稿基本完成。

1938 年（昭和十三年）/33 岁

一月，于《文学界》发表《在女占卜师面前》。

六月，《吹雪物语》打磨完成，回到东京。外甥女村上喜久投河自杀。

七月，《吹雪物语》由竹村书房出版。亲自撰写宣传语，并在信中向出版社表示："我相信，本作拿下一两个文学奖不成问题。"最终反响不大，销量平平，自此进入失意时期。

十一月，于《都新闻》发表《侦探之卷》。

1939 年（昭和十四年）/34 岁

二月，长兄献吉就任新潟报社董事。参加文人围棋会比赛，获胜，甚感自豪。

五月，为构思新的长篇小说，移居至茨城县取手町，在当地医院的一间屋子里生活。

八月，取手发生洪水，见义勇为，救助落水少年。

1940 年（昭和十五年）/35 岁

一月，受三好达治之邀，前往小田原市三好家别墅居住。在三好的推荐下，对日本天主教历史产生兴趣。

七月，于《文学界》连载《不惜性命》，亦是历史小说创作的初次尝试。

十二月，加入《现代文学》同人杂志社。

1941 年（昭和十六年）/36 岁

与《现代文学》同人平野谦、荒正人等集会，阅读侦探小说，进行“猜犯人”游戏。《不连续杀人事件》的构思萌芽于此。

五月，为创作长篇历史小说《岛原之乱》，前往九州取材旅行。

七月，小田原市连日暴雨，早川决堤，三好家为洪水所淹；借居之别墅遭到损毁。

八月，因报社整合，成立新潟日日新闻报社，长兄献吉任董事兼副社长。得知小田原洪水消息，写信请求将铺盖及书籍寄回，惹怒因洪水而焦头烂额的三好。

十月，于《现代文学》发表《岛原之乱杂记》。

1942年（昭和十七年）/37岁

二月，母亲去世。

三月，于《现代文学》发表代表作《日本文化之我见》。

五月，完成《天草四郎》，约四万字，因不够满意，终未发表。

夏，在研究“岛原之乱”的过程中，对宫本武藏产生兴趣，准备撰写相关历史小说。

十一月，因“一县一纸”报社整合，新潟日日新闻报社与其他报社合并，成立新潟日报社，献吉任专务董事。

十一月至十二月，于《文学界》连载《青春论》；由于《青春论》后半部分主要围绕宫本武藏展开，故放弃撰写相关小说，重新回到《岛原之乱》的创作中。

1943年（昭和十八年）/38岁

一月，于《现代文学》发表《五月的诗》。

三月，于《现代文学》发表《讲谈先生》。

七月，于《现代文学》发表《卷首随笔》。

九月，于《现代文学》发表《二十一》。

十月，短篇作品集《珍珠》由大观堂出版，由于部分表现与军国主义精神不合，被勒令禁止再版。

《岛原之乱》写作不顺，转而创作历史小说《黑田如水》。

1944年（昭和十九年）/39岁

一月，因战时出版规制，《现代文学》停刊；于终刊号发表《黑田如水》，并以其作为原型，开始创作中篇小说《二流之人》。

三月，矢田津世子病逝。

为逃避劳力征用，成为日本映画社的非正式员工。接受日映委托，至次年前后共创作三部剧本——《大东亚铁路》《阿图岛》《黄河》，皆未拍摄。

九月，献吉就任新潟日报社社长。

1945年（昭和二十年）/40岁

一月，应《新文学》所托撰写随笔一篇，杂志方面惧怕审查，拒绝发表。

四月，空袭愈演愈烈。献吉提议回乡避难，拒而不从。

八月，日本投降。

十一月，与尾崎士郎商议创办同人杂志《风报》。GHQ大幅追查战犯，献吉因惧怕而辞去新潟日报社社长一职。

十二月，尾崎士郎被GHQ战犯事务所调查，为尾崎辩护。

1946 年（昭和二十一年）/41 岁

四月，于《新潮》发表《堕落论》，一跃成为流行作家。

五月，因意见未能统一，退出《风报》创刊。

六月，于《新潮》发表《白痴》。

十月，于《新生》发表《战争与一个女人》，经 GHQ 审阅，删减大部分内容。于《新潮》发表《颓废文学论》。

十一月，参加座谈会“现代小说畅谈”，太宰治、织田作之助与会，是为“无赖派”三位代表作家首次会面。

十二月，出席江户川乱步主办的推理作家 & 爱好者定期集会“周六会”，讲述自己的侦探小说观。

1947 年（昭和二十二年）/42 岁

一月，织田作之助病逝。因过度悲痛，未能出席葬礼。于《新时代》发表《家康》。于《近代文学》发表《戏作者文学论》。

二月，于《东京新闻》连载《花妖》，持续四个月后遭到腰斩。

三月初，于酒吧“千岁”结识二十四岁的梶三千代，雇用三千代为秘书，每周上门，不久进入半同居状态。

四月，三千代盲肠炎引发腹膜炎，住院。

六月，加入同人杂志《文学界》。三千代出院，两人正式同居。应母校东洋大学之邀，进行约一小时长的演讲。于《新潮》发表《教主的文学》。于《肉体》发表《盛开的樱花林下》。

七月，于《光》发表《玩具盒》。于《妇人文库》发表《恶妻论》。

八月，于《日本小说》连载《不连续杀人事件》，附有“猜犯人悬赏”，引起广泛关注。

十月，于《爱与美》发表《替青鬼洗兜裆布的女子》。

1948 年（昭和二十三年）/43 岁

一月，于《风报》发表《献给天皇陛下的话》。思索社出版《二流之人》。

三月，针对一月发生的帝国银行抢劫案，于《中央公论》发表《论帝银事件》。

四月，上书首相芦田均，为被 GHQ 开除公职的尾崎士郎辩白，未果。

六月，太宰治殉情自杀，为躲避蜂拥上门的媒体记者，前往热海小住。招待《不连续杀人事件》责编渡边彰饮酒，因酒质粗劣导致渡边肺病复发，为表歉意，将连载所得全部赠予渡边。

七月，三千代发表《安吾先生的一天》，其中提到安吾写给自己的遗书。观战本因坊—吴清源十番棋，于《读卖新闻》发表《本因坊—吴清源十番棋观战记》。于《新潮》发表《不良少年与基督》。进行题为《欧洲式性格，日本式性格》的演讲。

八月，于《ALL 读物》发表《太宰治情死考》。于《季刊作品》发表《织田信长》。抑郁症加重，开始大量服用巴比妥类安眠药。

十月，出现幻视幻听，开始创作长篇小说《火》。于《人间喜剧》发表《战争论》。

十二月，晚星社出版单行本《不连续杀人事件》。

1949 年（昭和二十四年）/44 岁

一月，于《宝石》发表《评〈刺青杀人事件〉》。

二月，《不连续杀人事件》获侦探俱乐部奖。产生巴比妥类安眠药依赖症，不时出现疯狂之举。前往东京大学附属医院神经科住院。

三月，接受持续睡眠疗法，病情逐渐恢复。

四月，遭蒲田税务局认定税金滞纳，因住院暂缓执行。向

税务局提出异议申请。出院。

六月，作为评委出席第21届芥川奖评选，获奖者为由起繁子、小谷刚二人。对由起繁子的作品尤加赞赏。

八月，巴比妥类安眠药依赖症复发，遭池上警察署拘留。接受医生建议，前往伊东疗养地居住。

十月，于《作品》发表《小山羊的记录》。

十一月，于《文艺春秋》发表《战后新人论》。于《近代文学》发表《体育·文学·政治》。

1950年（昭和二十五年）/45岁

一月，于《文学界》发表《肝脏先生》。于《文艺春秋》连载《安吾巷谈》。参加第22届芥川奖评选。

二月，前往小田原观看竞轮，采访选手取材。

三月，三千代怀孕，后堕胎。于《文学界》发表《由起繁子，做个利己主义者》。

四月，于《新潮》发表《推理小说论》。于《讲谈俱乐部》发表《投手杀人事件》。

五月，于《新潮》连载《我的人生观》。

八月，参加第23届芥川奖评选。

十月，于《小说新潮》连载《明治开化安吾捕物帖》。

1951年（昭和二十六年）/46岁

二月，《安吾巷谈》获文艺春秋读者奖。于《新潮》发表《战后合格者》。

三月，于《新潮》发表《人生三大愉悦》。于《文艺春秋》连载《安吾新日本地理》。

四月，于《ALL读物》连载《安吾人生谈》。

五月，旁听“查泰莱公审”。旅行取材期间，家中藏书被税务局查封。

六月，前往东京国税局，吊销藏书查封处分。

八月，于《新潮》发表《孤立杀人事件》。

九月，观看竞轮比赛时，认为存在作弊现象而进行告发，因证据照片不够清晰，遭到驳回。于《新潮》发表《战后文章论》。

十一月，大量服用巴比妥类安眠药，出现幻觉。

1952年（昭和二十七年）/47岁

一月，旁听“查泰莱公审”判决，作《查泰莱旁听记》。于《新潮》连载《安吾行状日记》，于《ALL读物》连载《安吾史谈》。

六月，于《新潮》发表《夜长姬与耳男》。

九月，于《新潮》发表《输血》。

十月，于《新大阪》连载长篇历史小说《信长》。于《文学界》发表《军备已无用》。

1953 年（昭和二十八年）/48 岁

一月，于《西日本新闻》连载《明日天晴》。

三月，因《新大阪》擅自转载连载中的《明日天晴》，怒而拒绝继续连载《信长》。于《小说新潮》发表《都会中的孤岛》。

四月，于《文艺春秋》发表《牛》。

六月，于《文艺春秋》发表《枭雄》。于《小说新潮》发表《选举杀人事件》。

七月，参加第 29 届芥川奖评选。

八月，长子纲男出生，与三千代正式办理结婚手续。于《讲谈俱乐部》发表《山神杀人》。

十二月，于《King》发表《小镇二天才》。

1954 年（昭和二十九年）/49 岁

一月，参加第 30 届芥川奖评选。于《讲谈俱乐部》发表《年糕作祟》。

二月，《不连续杀人事件》由春阳堂书店再版。

五月，于《小说新潮》发表《女剑士》。

七月，于《小说新潮》连载《左近之怒》。

八月，于《知性》连载《真书太阁记》，未完。

十月，于《别册小说新潮》发表《通灵杀人事件》。

各地取材旅行。

1955 年（昭和三十年）/50 岁（未满）

二月十一日，前往高知取材旅行。十五日，回到东京。

十七日晨，突发脑出血，骤然离世。

二十一日，于东京青山殡仪馆举行了无宗教仪式的葬礼。

五月，百日法事，文坛相关人员到场约一百五十人。

图书在版编目（CIP）数据

无影犯人／（日）坂口安吾著；高西峰译．—杭州：浙江文艺出版社，2022.3

ISBN 978-7-5339-6664-5

Ⅰ.①无… Ⅱ.①坂… ②高… Ⅲ.①侦探小说—小说集—日本—现代 Ⅳ.①I313.45

中国版本图书馆 CIP 数据核字（2021）第 219196 号

策　　划：邵　劼
责任编辑：邵　劼
营销编辑：王莎惠
封面设计：人马艺术设计·储平
责任印制：吴春娟

无影犯人
［日］坂口安吾　著
高西峰　译

浙江文艺出版社　出版发行
地址：杭州市体育场路 347 号　邮编：310006
经销：浙江省新华书店集团有限公司
印刷：浙江新华数码印务有限公司
开本：850 毫米×1168 毫米　1/32
字数：152 千字
印张：10.625
插页：6
版次：2022 年 3 月第 1 版
印次：2022 年 3 月第 1 次印刷
书号：ISBN 978-7-5339-6664-5
定价：56.00 元